AF143220

Les rencontres donnent
souvent des idées d'écrire.

Des nouvelles,
Des poésies
Des coups de gueules

Vous allez découvrir des
textes que vous pourrez lire pour
vous ou les conter à des amis.

Préface

Écrire un roman, écrire une poésie... un plaisir.

Écrire une nouvelle ou un conte, c'est rêver et faire rêver.

Les nouvelles de ce recueil évoquent aussi bien un lieu lointain que les environs proches ou peu éloignés du pays Dunois.

Participant à des rendez-vous d'animation au sein d'un foyer résidence, j'ai noué des relations amicales avec certains pensionnaires. Ces anciens fourmillent d'anecdotes sur leur vie, une source inépuisable pour écrire. C'est une autre partie du recueil.

Un autre plaisir : faire rimer les mots pour des moments de bonheur ou de drames comme en ce début 2020 et la pandémie..

L'auteur.

La vengeance des filles

- Salut Geneviève. Tu fais ton entraînement pour ton prochain marathon.
- Oui j'ai encore deux semaines.
- Et c'est où cette fois-ci ?
- Non loin de Lyon. Je partirai dès le vendredi pour reconnaître le parcours.
- Au fait j'ai un drôle de truc à te raconter !
- Encore une connerie sans doute ?
- Si tu veux, mais même plus. Je résume. Tu te rappelles de Jean-Marie ?
- Oui ce matcho raciste qui était selon lui le meilleur pour tout !
- Oui c'est bien de lui qu'il s'agit. On a réussi samedi dernier à le piéger et lui donner une sévère leçon.
- Je devine que vous n'avez pas lésiner sur les moyens. Alors racontes, on va s'installer là-bas sur le banc, je vais reprendre mon souffle car je crois qu'il va encore en falloir à l'écoute de ton histoire !

- Ce n'est pas une histoire, c'est du vrai. Bon je commence :

    - Donc samedi, sur le coup de quinze heures, la bande s'est retrouvée à la terrasse de notre café habituel : le Marigny. Les gars étaient moins nombreux, les joueurs de foot étant sur le terrain. Donc, quatre gars et six filles. On parlait de tout et de rien quand on a vu la voiture de Jean-Marie passer. Christine a aussitôt dit : si le Jean-Marie vient à notre table, je l'emballe, je lui conte fleurette et je m'arrange pour qu'ensuite notre vengeance se mette en place. Philippe et Frédéric l'ont immédiatement mise au défi en lui demandant son programme. C'est simple a-t-elle rétorqué, je lui fais croire que j'ai envie de coucher avec lui et que j'ai un petit studio accueillant. Micheline la regarde ébahie de ce qu'elle dit et pose une question : et s'il veut réellement coucher avec toi, tu te laisses faire ? Ne t'inquiète pas, pas folle la guêpe, il ne pourra pas aller au bout, j'ai un remède de cheval toujours à portée de main. Il s'endormira sans se rendre compte en moins de cinq minutes. Il ne pourra même pas présenter ses armes. Pendant plusieurs minutes Christine dévoile ce qu'elle a prévu et demande aux filles de venir l'aider à la mise en scène quand il sera endormi. Toutes sont d'accord, toutes n'aimant pas ce Jean-Marie qui ne se veut le pourfendeur des meilleurs, les blancs, on le croirait chef d'un ku-klux-klan local et que les femmes doivent être son esclave, et les gars se proposent de venir aussi.

- Dis donc, tu ne me baratines pas un peu ?
- Non. Le pire, ou le meilleur est à venir ! Je reprends la narration.
-- Dans la demi-heure suivante, Jean-Marie repasse devant la terrasse en donnant un petit coup de klaxon et en faisant des grands gestes de la main. Christine, décidée à agir, se lève et lui fait signe de s'arrêter, elle tend à bout de bras son demi de bière presque vide. Elle se rassoit et déplace sa chaise, en prend une à la table derrière et la pose à côté de la sienne. Jean-Marie arrive cinq minutes plus tard, aussi fier que d'habitude, pavanant comme un paon, sur de lui. Il sert les mains et fait la bise aux filles puis prend place sur la seule chaise libre à côté de Christine. La conversation dérive sur l'habillement et la mode de l'été avec ses couleurs pastel, les shorts et débardeurs aux manches courtes et larges laissant les

aisselles dégagées. Jean-Marie met son grain de sel en faisant remarquer que pour lui les femmes doivent toujours être bien coiffées et que leur corps doit se dévoiler au travers d'étoffes légères et transparentes. Micheline reprend au vol son affirmation en expliquant que les personnes de couleurs mettent leurs beautés en évidence avec des tissus souples, gais et de couleurs vives qui font ressortir leur teint. Jean-Marie répond que ce ne sont que des filles qui ne connaissent rien à la mode et qui ne sont bonnes que pour faire le ménage. Afin de le laisser dans ses convictions, les gars dévient la discussion sur la possibilité de manger au restaurant tout à l'heure mais où ? Le choix n'est pas facile, ce qui permet à Christine d'entamer son programme de drague sous l'œil amusé des filles. Sa main se pose sur celle de Jean Marie qui tourne la tête et fait un sourire, un petit mouvement et une pression des doigts confirme qu'il ne se dérobe pas. Au bout de dix minutes, Micheline se lève et va aux toilettes, France la suit. Elles éclatent de rire dès la porte fermée : c'est parti, à nous de préparer notre part !

- Oui et vivement cette nuit !

- Dis donc, c'est un coup monté préparé depuis longtemps que les filles ont mijoté !

- Bien sûr ! Tu nous connais, il y a des gens que nous ne pouvons pas encaisser et que notre vengeance est terrible.
- Bon vas-y, j'attends la suite.

- À dix-huit heures, tous se préparent à se lever et se donnent rendez-vous à la guinguette vers dix-neuf heures trente. Christine ne bouge pas de sa chaise et regarde Jean-Marie dans les yeux. Son sourire semble faire de l'effet. Jean-Marie propose une nouvelle consommation mais Christine refuse en prétextant le besoin de repasser chez elle pour se changer et se faire une beauté - sous entendu pour lui...- Jean-Marie se penche et lui fait un bisou proche de l'oreille en lui disant à tout à l'heure à la guinguette. Il se lève et part en faisant un signe de la main.

Christine se lève à son tour et rejoint sa voiture stationnée à une centaine de mètres. À peine assise, elle prend son téléphone portable et appelle Micheline qui décroche aussitôt :

-- Alors la dragueuse, il a accroché ? C'est avec un éclat de rire qu'elle entend la réponse de Christine : Ouiiii ! Donc les filles direction la maison pour la mise en scène.

-- Oui, on arrive, France est à côté de moi. On fonce.

En moins d'une heure, la chambre de Christine est présentable pour accueillir Jean-Marie : le lit est préparé avec des oreillers recouvertes de taies roses avec des fleurs. Un bouquet est posé sur la table de chevet. Un plateau avec deux verres est posé sur la coiffeuse. des grands rideaux camouflent les espaces de chaque côté de l'armoire. Un rouleau de tissu apparaît au bord sur le dessus. Christine ferme les volets et rejoint les copines dans la cuisine. Elle terminent de préparer le point d'orgue de la vengeance : finir le gonflage de la fameuse poupée achetée il y a maintenant plus d'un an en prévision de ce jour. Elles réussissent à terminer leur ouvrage malgré les coups de fou rire qui les attrapent. Le plan est prêt à dix neuf heures vingt et le trio part rejoindre toute l'équipe à la guinguette.

Leur arrivée est saluée par tous les autres déjà assis en bordure de l'eau non loin de la scène où est déjà installé l'accordéoniste avec son batteur et son guitariste. Jean-Marie les rejoint alors que vingt heures sonnent au clocher de l'église.

Chacun choisit son plat et le service commence après l'apéritif dès vingt et une heures.

Les danseurs sont rapidement sur le parquet posé sur l'herbe. Christine se laisse guider dans les tangos et slow par Jean-Marie et répond gentiment aux gestes de rapprochement. Les autres filles regardent le travail de Christine pour le mettre à sa main et réussir son projet. Les musiciens annoncent à une heure que les dernières danses vont commencer. Christine revient au-près des copines et parle un peu sans que Jean-Marie entende. Elle a convenu qu'elle passerait un coup de fil dès le moment venu.

Deux heures cinq est affiché au radio-réveil quand Christine se serre dans les bras de Jean Marie. Elle l'embrasse goulûment et lui propose un dernier verre avant de se rapprocher du lit.

Deux minutes plus tard elle remplit les deux verres et en offre un à Jean-Marie. Elle trinque avec lui et le fixe dans les yeux. Elle repose son verre sans y avoir touché et s'excuse pour un besoin aux toilettes. Elle traîne un peu puis revient dans la chambre. Jean-Marie a vidé son verre et s'est allongé sur le lit. Christine s'assoit à côté de lui et lui cause un peu. Pas de réaction. Elle lui prend un pied, le déplace, en fait autant avec l'autre. Le verre spécial a fait son effet. Aussitôt elle prend son portable et appelle les copines.

Elles sont sur place en moins de dix minutes. Elle se mettent à l'ouvrage comme prévu dans leur plan. Trois heures est affiché quand les trois filles ferment le porte du petit appartement à clé. Il y a le deuxième jeu accroché juste à proximité du verrou.

- Et alors ?
- Christine avait planqué une caméra dans un angle de la chambre et elle nous a montré ce qui a été enregistré et avec le son !
- Et qu'ont elles vu ?

- Sur les premières images on voit qu'il est neuf heures. Les draps bougent. Jean Marie se réveille, ouvre les yeux, tourne la tête de gauche à droite. Il tâte le lit pour chercher quelqu'un. Il sent une présence. Le soleil passe entre les rideaux légèrement écartés. Il regarde la chambre de tous côtés. Rien ne lui revient en mémoire. Il bouge et s'assoit au bord du lit. Il est nu. Il essaie de se rappeler ce qui s'est passé cette nuit. Rien c'est un grand vide. Pas de plateau ni de verre sur la coiffeuse. Tous les murs sont cachés par des tentures multicolores. Cette chambre ne lui rappelle rien. Il se met debout et se tourne vers le lit. Il pousse un cri : c'est une femme noire qui est là, allongée, la tête sur l'oreiller, cachée sous les draps, juste à côté de l'emplacement où il était. On l'entend dire "c'est quoi ce truc ?". On le voit mettre ses mains partout sur ce corps, cette poupée gonflable proche d'un vrai, puis il tourne en rond dans la pièce pour trouver ses vêtements qu'il ne voit nulle part.

- Et ça s'est terminé comment ?

- Christine avait plié et empilé ses vêtements sur la table de la cuisine. Il a fini par les trouver comme repassés. Mais il y avait dessus un petit papier.

- Il y avait quoi sur ce papier ?

- Rien sauf trois mots "dégage sale mec"

- Vous l'avez revu depuis Jean-Marie ?

- Micheline a su qu'il était parti à une trentaine de kilomètres pour rejoindre des gens qui pensent comme lui.

- Bah ! chapeau ! mais attention si vous allez trop loin les filles !

- Ne t'inquiètes pas, on sait choisir nos amis. La preuve tu es là à m'écouter.

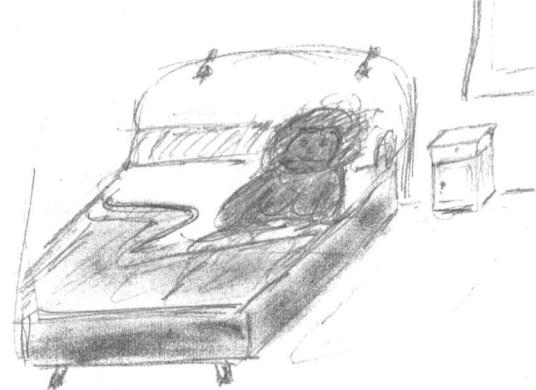

Jean Marie découvre une femme noire dans le lit

Étrange découverte
au terrain de sport

Les élèves des classes de sixième du collège ont fait une étrange découverte au stade derrière les vestiaires ce matin. Dans la haie devant de la clôture qui longe la rivière, un groupe de cinq ou six garçons a assisté à une lutte entre deux chiens de tailles différentes, un teckel et un épagneul qui se disputaient un objet plein de terre qui ressemble à un morceau de fourrure avec de longs poils clairs. L'un d'eux qui possède un chien de garde, genre berger allemand, s'est approché pour essayer de prendre l'objet de leur lutte mais il a reculé rapidement face aux crocs apparus sous les babines relevées des deux canidés. Un autre élève est retourné dans les vestiaires prévenir le professeur d'éducation physique qui surveillait la fin de la douche et le rhabillage de tous. Il est venu voir et a fait rentrer tout le monde dans les vestiaires en leur demandant de ne pas bouger pour quelques minutes.

Il est sorti côté du terrain de football qu'il a traversé en courant jusqu'à la mai-son du gardien. Il lui a expliqué ce que ses élèves ont découvert et lui demande d'aller voir. Il est revenu tranquillement au vestiaire et a fait sortir ses élèves par le chemine-ment qu'il venait d'emprunter et tout le monde à repris à pied le chemin du collège situé à moins d'un kilomètre.

Le gardien du stade contourne le bâtiment des vestiaires et aperçoit les deux chiens qui sont tou-jours face à face avec la gueule pleine. Les deux fau-ves se mettent à grogner quand il arrive à moins de deux mètres. Le gardien fait demi-tour et décide de prévenir le commissariat de cet incident.

– Bonjour. Ici le commissariat. Que se passe-t-il ? Il y a un accident ou un cambriolage ?
– Bonjour. Non rien de tout ça. C'est le gar-dien du stade, il y a deux chiens qui sont entrés dans le stade, ils se bagarrent pour un truc et se retour-nent contre tout le monde dès qu'on s'approche. Et il y a des enfants à venir. Il faut les attraper.

– On arrive mais on prévient aussi les pompiers, ils savent attraper des fauves.

– Merci je vous attends.

Moins de dix minutes plus tard, une voiture de police, sirène hurlante, stoppe devant les grandes grilles du stade. Trois policiers descendent de la voiture et se dirigent vers la porte de la maison du gardien qui sort à cet instant ayant entendu l'arrivée bruyante de la voiture bleue. Les pompiers arrivent à leur tour et viennent prendre connaissance de ce qui se passe. Ils sont quatre dont un spécialiste des animaux errants ou méchants. À leur demande, le gardien ouvre les grilles et les conduit jusqu'au bâtiment des vestiaires. Le camion rouge stoppe en bout de la construction. Les hommes du feu descendent deux cages en grilles métalliques et vont vers le fond du terrain. Le spécialiste des animaux a revêtu une combinaison avec des protections contre les morsures. Il avance vers les deux chiens qui tirent toujours chacun de leur côté leur trophée. Il s'arrête à trois-quatre mètres et observe. Il fait signe à ses collègues d'avancer avec les cages à l'arrière des deux fauves et d'attendre en les posant par terre avec la trappe d'entrée ouverte. Ils s'agenouillent derrière et ne bougent plus. Le pompier avec sa combinaison avance en tenant à la main une perche avec une boucle comme un lasso au bout. Il la tend vers l'épagneul qui grogne plus fort sans lâcher sa proie. Au moment où la boucle lui touche le dessus de la tête, il tente de l'attraper dans sa gueule mais se retrouve prisonnier avec la boucle qui se serre autour de son cou. Le teckel de son côté s'enfuit avec la prise entre les crocs mais ne va pas loin deux pompiers ont plongé sur lui et l'on attrapé puis mis dans une cage. L'épagneul est enfermé aussi dans sa cage. Un policier se penche et regarde le chiffon que les deux chiens se disputaient bruyamment. Il se baisse et le ramasse du bout des doigts. Il lève cet objet en grande partie déchiré et se demande ce que ça peut être. Il l'approche de son visage et appelle ses collègues

– Regardez, ce n'est pas un chiffon ni un morceau de vêtement mais je crains que ce soit un scalp ;
– Un scalp ! Tu n'es pas bien.

– On va mener ça au médecin pour nous dire ce que c'est, moi je vois comme des cheveux ou des longs poils et de la peau. Les pompiers, les chiens on les met en fourrière et on essaye de retrouver leurs propriétaires. Vous dites à votre chef que je vais l'appeler tout à l'heure.

– Oui, on emmène les fauves. À la prochaine.

Deux jours plus tard, les trois policiers sont dans le bureau du commissaire qui leur demande de lui raconter tous les détails de ce qui s'est passé lors de la capture des chiens au stade.

– Je vois que vous avez bien rempli le rapport. Maintenant c'est une grosse enquête qu'il faut faire

– Pourquoi patron ?

– Le morceau de truc que les chiens se disputaient est bien un scalp humain. J'ai interrogé les pompes funèbres, ils n'ont pas eu de morts sans cheveux. Les chiens ont-ils été identifiés ?

– Non. Ils n'ont ni puce ni tatouage. Le vétérinaire pense qu'ils ont entre quatre et six ans et qu'ils doivent vivre ensemble. Leur état de santé est bon, ils ne sont pas trop mal nourris et selon lui ils vivent en semi-liberté à côté d'humains. Ils pourraient suivre des gens qui se déplacent.

– Donc on n'en sait pas plus. Vous allez faire un tour en campagne pour voir si des SDF sont passés dans le coin ou des gens du voyage. En ville posez quand même la question si des gens ont vu les deux chiens ensemble se promener.

– Oui patron, on y va. Un tour ce matin vers Villemoins et ses maisons dispersées et cet après-midi de l'autre côté.

– En route. J'attends votre rapport.

Le lendemain, au rapport, l'adjudant explique qu'ils n'ont rien trouvé et que personne ne connaît ces deux chiens. Il propose à son patron de les lâcher mais avec une longue laisse au niveau du stade où ils ont été trouvés. Ils expliquent que leur instinct va sans doute les guider pour revenir chez eux. Le commissaire donne son accord pour tenter l'expérience à quatorze heures.

Ils sont quatre à se rendre chez les pompiers pour récupérer les deux chiens qui semblent heureux de voir quelqu'un venir vers eux. Ils apprécient moins de se retrouver dans les cages métalliques.

Un quart d'heure plus tard ils sont attachés au bout d'une laisse de six mètres et lâchés le long de la rivière qui passe derrière le stade. Pas n'importe où : ils sont juste en face du lieu où les enfants les ont découverts. Il y a même un trou dans le grillage. C'est par là qu'ils étaient entrés. Les policiers tirent sur les laisses pour les empêcher de se faufiler. Les chiens sont surpris, les regardent puis démarrent en trombe sur le chemin qui suit la berge de la rivière. Ils vont dans le sens du courant. Les policiers suivent avec du mal, on croirait que les chiens suivent la trace de gibier un jour d'ouverture de la chasse. Les chiens s'arrêtent et repartent plusieurs fois. Le chemin qui borde la rivière se rétrécit et se trouve maintenant à longer la colline qui devient même comme une falaise. Les chiens continuent de tirer sur les laisses, les policiers qui les tiennent sont essoufflés et peinent à suivre. La rivière fait deux méandres dans les près face à la falaise maintenant haute d'une trentaine de mètres. Les policiers aperçoivent des entrées de grottes. Il y avait eu au cours des derniers siècles des carrières souterraines à cet endroit. Une, deux, trois entrées plus ou moins murées se suivent.

Les chiens ont ralenti leur marche et tirent moins sur la laisse. Une palissade en bois ferme une entrée. Les chiens s'arrêtent devant, le teckel se met à gratter face à ce qui pourrait être une porte et l'épagneul gémit faiblement comme s'il pleurait ou appelait quelqu'un. Les policiers reprennent leur souffle, se regardent puis l'un d'eux dit :

— Est-on arrivé ? On va forcer cette barricade qui bloque l'accès de la grotte.

— On y va. Avez vous les lampes ? C'est certainement sombre là-dedans. Bon, attention à réduire la longueur des laisses et bien tenir les chiens.

En trois coups d'épaule, un panneau de bois s'écroule et les quatre policiers avancent derrière les chiens qui se sont remis à tirer très fort et se dirigent vers l'intérieur de la grotte. Les policiers avancent lentement en franchissant des tas de pierres et de gravats divers qui font des monticules de plus d'un mètre de hauteur. Ils sont en partie recouverts de ronces et d'arbrisseaux. Une fois dans le noir, les piles s'allument, ils font cinq ou six mètres sous la voûte de pierre haute d'une dizaine de mètres.

Une odeur de plus en plus forte leur frappe les narines. Les chiens sont de plus en plus agités.

— Restez là avec les chiens. Nous deux, on va voir plus loin, je crains le pire avec ce qu'on sent.

Deux heures plus tard, il y a quatre voitures de police, deux de pompiers et deux voitures civiles dans le chemin le long de la rivière. Une camionnette noire arrive à son tour. On aperçoit les uniformes et les autres personnes aller et venir sous la voûte de la grotte puis trois brancards sortir et se diriger vers la camionnette noire.

Le lendemain matin à dix heures trente, une demi-douzaine de journalistes attendent le procureur dans la salle d'attente du tribunal pour sa déclaration sur les évènements d'hier en bordure de la rivière et au stade. Tout s'était déroulé sans qu'ils en soient informés.

— Messieurs, Un drame de la misère a eu lieu presque sous nos yeux sans qu'on le sache. Trois personnes, deux hommes et une femme sont décédés il y a au moins deux semaines dans une grotte en bordure de la rivière où ils avaient élu domicile dans la plus grande indifférence. Ils sont tous décédés et nous en cherchons les causes. Peut-être un meurtre, un suicide, une mort naturelle, on le saura dans quelques jours. Les seuls témoins sont leurs chiens qui ont survécu en mangeant en partie leurs maîtres. Merci de votre présence. Je n'ai rien à ajouter.

Les journaux avaient la une du lendemain.

Les chiens se disputent ce qui se révélera être un scalp

Au bord du Loir

Claude s'est levé de bonne heure en ce début mars, c'est l'ouverture, le grand jour pour tous les disciples d'Esox. C'est son plaisir depuis déjà une dizaine d'années quand son grand-père Lucien l'avait emmené au bord de la rivière en bas de l'immense château féodal qui domine la vallée. Précautionneux, Claude avait mis ses vêtements d'hiver, la chaleur du printemps n'étant pas encore arrivée et les matins de début mars sont frais. Aujourd'hui, il n'oubliera pas la petite canne en bambou que son grand-père lui avait offerte pour ce jour d'ouverture de la pêche. Elle est comme un talisman, la seule fois où il l'avait oubliée, il y a deux ans, il était tombé à l'eau et était revenu bredouille sauf un bon rhume dans les jours qui ont suivi. Le petit déjeuner copieux est vite avalé. Claude passe rapidement dans le cellier et vérifie son matériel : canne à lancer, caisse avec les leurres, les fils et les moulinets de secours, épuisette, boite à appâts, une canne à coup, la canne en bambou et le siège pliant. Il range le tout dans sa voiture sur le siège arrière, va ouvrir le portail et sort la voiture. Il referme les deux vantaux et s'installe prêt au départ. La nuit règne encore. Il regarde sa montre : il lui reste un peu plus de vingt minutes pour rejoindre son coin préféré non loin du vannage du grand moulin. Il sait qu'il n'y est jamais seul et il ne faut pas être en retard pour s'installer avant les autres. Il met le contact et c'est parti pour cette journée qu'il aime tant. La route entre son village et le pont sur le Loir ne lui prend que dix minutes. Il stationne sa voiture sur le parking au plus près de l'accès à la rivière. Il descend son matériel et s'engage au dessus des panneaux du déversoir qui alimente le moulin. Il y a déjà quatre pêcheurs installés et aucun n'est à son emplacement habituel. Il accélère le pas, pose sa caisse et son matériel puis va saluer les autres pêcheurs qui sont devenus depuis plusieurs années des amis. Il revient auprès de son matériel, installe son siège, ouvre la caisse et met en place sa canne à lancer en fibre de verre.

Il regarde ses voisins puis sa montre. Il faut encore attendre, ils ont tous l'habitude de mettre les lignes à l'eau quand le clocher de l'église égrène six heures.

Maud vient d'ouvrir les yeux, elle tend l'oreille et compte les coups de la cloche de l'église : six ! « Il est bien trop tôt pour se lever » se dit-elle en se retournant dans le lit et en remontant le drap par dessus sa tête. Il est huit heures quand elle allonge les bras, elle se secoue et pose les pieds au sol. Le réveil est difficile et Maud va directement dans la salle de bains pour prendre une douche. Avec seulement une serviette en turban sur la tête, elle va dans la cuisine pour se faire son petit déjeuner : un grand bol de lait, du sucre et des céréales. La pendule marque neuf heures quand Maud retourne dans la chambre pour s'habiller. Le week-end, elle adopte une tenue décontractée : jean, baskets, tee-shirt et un gilet avec des rayures de couleurs vives. Elle repasse par la salle de bains pour se maquiller et se peigner. Maud se regarde dans la glace et esquisse un sourire : « ça va je ne suis pas trop mal ce matin. Hop on y va ! » se dit-elle en se retournant. Elle fait un tour rapide dans l'appartement, enfile son trois quart avec le col en fausse fourrure puis prend son sac qui est accroché dans le couloir et sort dans l'escalier. Elle ne change pas ses habitudes du samedi matin : passer au marchand de journaux pour le quotidien avec le programme télé et la liste des manifestations dans la région pendant le week-end. Deuxième arrêt chez le boucher puis elle continue par la supérette surtout pour faire le plein de lait. Il n'est pas encore onze heures quand elle ressort de chez elle, les achats rangés dans le réfrigérateur ou le placard.

Maintenant c'est direction lèche-vitrine devant les magasins de vêtements ou de bijoux. En regardant dans une vitrine deux tenues qui inspirent plutôt les beaux jours, elle voit le reflet d'une copine qui arrive derrière elle. Maud se retourne et lui fait la bise. Après quelques mots les deux jeunes femmes repartent vers la place centrale. Maud propose à sa copine de boire un café et elles se dirigent vers le bistrot 'le commerce'. Leur conversation s'oriente aussitôt vers leur plaisir en dehors de leur travail : la nature et la défense de l'environne-ment. Elle font partie d'une association qui organise des visites de sites remarquables pour la faune et la flore dans les environs de la ville.

Maud évoque celle qui est prévue le lendemain avec un rendez-vous pour le départ à neuf
heures. Elles discutent de la tenue à mettre, le parcours débutant le long du Loir à côté du moulin en
bas du château. À treize heures les deux copines se
quittent en se donnant rendez-vous le lendemain
matin.

Comme convenu, Chrystelle, la copine de
Maud, sonne à sa porte alors qu'il n'est que huit
heures quinze. Elle apporte des croissants pour le
petit déjeuner. Maud est surprise et entr'ouvre la
porte pour voir qui venait si tôt un dimanche matin.
Elle tend les bras vers sa copine et elles s'embrassent
avant d'entrer. Les deux copines s'installent dans la
cuisine où une odeur de café se répand lentement.
Maud se relève pour prendre les tasses dans le placard ainsi que les cuillers, le sucre et plonge dans le
réfrigérateur pour sortir un litre de lait. Les croissants sont rapidement mangés, les tasses de café,
avec un nuage de lait, vidées, sont mises dans
l'évier : il sera neuf heures dans un quart d'heure.
Maud demande à Chrystelle de patienter le temps de

prendre son appareil photo numérique avec sa batterie de secours et le téléobjectif de 1000. Elle met ses chaussures de marche en serrant au maximum les lacets puis invite Chrystelle à partir. Dix minutes plus tard après avoir descendu les deux cents marches du vieil escalier de pierres, elles arrivent sur le parking où une quinzaine de personnes se saluent et se réunissent autour de Charles, le guide du jour. Les deux jeunes femmes saluent leur copain guide et d'un mouvement de la main font un bonjour général vers ceux qui commencent à s'impatienter. Maud annonce les consignes pendant la balade de découverte : pas de bruit, ne pas jeter quoi que ce soit dans la rivière ou ailleurs, faire attention aux pêcheurs et à leur matériel, ne rien ramasser ou cueillir sans l'autorisation de l'un ou de l'autre et bien suivre Charles ou Chrystelle. Dernière consigne avant d'annoncer le départ : arrêter les portables, il ne faut pas de sonneries qui pourraient faire peur à certains animaux !

Le groupe avance lentement en suivant les chemins sur la rive droite de la rivière, en face, les jardins privés viennent jusqu'au bord de l'eau.

Quelques pécheurs sont installés et surveillent leurs lignes. Un arrêt pour admirer une dizaine de canards qui se rapprochent de la rive et tournent devant les marcheurs pour quémander un peu de nourriture. Ils seront déçus : Les consignes sont respectées. Maud ferme la marche du groupe en étant à distance pour voir si tout va bien. Juste devant elle, d'un coup, la canne d'un pêcheur se plie et vibre, le fil est tendu. Claude reprend aussitôt en main sa canne et donne un grand coup en l'air pour ferrer le poisson. Il tourne ensuite à grande vitesse le moulinet. Maud s'est arrêtée et regarde. Le groupe en fait autant une trentaine de mètres plus loin. Le poisson se débat dans l'eau, Claude lui maintient la tête hors de l'eau et l'approche du bord, saisi de la main gauche son épuisette où il dirige sa prise et la sort de l'eau. C'est une belle truite d'au moins trente centimètres qui se débat dans les mailles de l'épuisette. Charles décroche le leurre et glisse la truite dans sa bourriche. Le poisson est à nouveau dans son milieu naturel mais prisonnier. Maud est restée immobile pour voir l'habileté du pêcheur qui se tourne vers elle avec un grand sourire. Elle répond de même et part rejoindre le groupe qui est déjà plus loin. En passant tout près de Claude, elle l'entend lui dire « à bientôt mademoiselle » Elle ne répond pas et accélère le pas.

À onze heures quarante cinq, le groupe se retrouve à l'arrière de la voiture de Charles pour partager un apéritif simple et parler de ce qui a été vu pendant cette balade. Les commentaires reviennent surtout sur la faune : les canards dont un étrange tout plein de couleurs, un renard aperçu furtivement, des oiseaux en train de construire leurs nids, deux couples de pigeons qui roucoulent en haut d'un peuplier, un long moment de grand plaisir. Les participants quittent le guide et les deux animatrices en promettant de revenir à la prochaine balade qui aura lieu le mois prochain dans les marais de la Conie. Maud et Chrystelle restent à évoquer ce rendez-vous avec Charles quand Claude arrive avec son matériel et sa bourriche où s'agitent quatre ou cinq prises. Il passe avec le même sourire que tout à l'heure. Maud ne le quitte pas des yeux jusqu'à ce que Chrystelle lui prennent la main.
- Viens on va manger »

À quatorze heures, les deux copines se séparent en sortant du restaurant rapide de la zone commerciale et se donnent rendez-vous pour samedi à midi. Maud n'a pas bougé et regarde la voiture de Chrystelle s'éloigner. Au bout de presque une minute elle se décide enfin à bouger et monte dans sa voiture. Ses pensées la guident vers le bord du Loir sur le parking du moulin. Il y a encore trois voitures garées. Elle stationne la sienne à côté et descend pour aller refaire au moins en partie la balade du matin. En passant au dessus du vannage elle aperçoit ce qu'elle cherchait : le canard aperçu non loin du pêcheur en réussite. Il est multicolore et est originaire de Chine. Il a dû s'échapper d'un élevage non loin d'ici. Maud sort de son sac les deux morceaux de pain qu'elle avait mis de côté au restaurant et les brise en quatre ou cinq. Le palmipède apprécie cette nourriture gratuite et fait des ronds dans l'eau devant elle. Ce faisant, elle avance le long du bord et doit s'écarter : deux cannes à pèche dépassent sur le chemin. Claude était revenu après avoir mis au frais ses prises du matin et mangé un rapide repas froid. Maud continue sa balade tranquillement suivie du regard par le pêcheur intrigué de la revoir passer. Le soir Maud se couche avec l'esprit un peu troublé de cette journée.

Samedi matin, quelque chose a poussé Maud à se lever de bonne heure et aller faire un tour sur les bords du Loir. Elle a traversé le vannage et fait seulement quelques pas avant de faire demi-tour. Elle a vu ce que son esprit voulait voir.

Chrystelle est assise sur le bord de la fontaine depuis un quart d'heure quand midi sonne à la mairie. Maud arrive d'un pas alerte presque sautillant.
- Oh ! Tu as gagné au loto pour être aussi gaie ? Maud ne répond pas, embrasse sa copine et la prend par le bras pour aller à leur café habituel. À peine installées, Chrystelle regarde fixement Maud qui semble absente, rêveuse avec un léger sourire. Elle ne dit rien jusqu'à l'arrivée des consommations. Le serveur parti, Chrystelle prend la main de Maud dans la sienne et lui pose la question qui la démange depuis qu'elle l'a vue arriver.
- Toi, tu as quelque chose qui t'est arrivé et qui te rend heureuse. C'est quoi ?

Maud hésite, semble marmonner entre ses lèvres puis répond à voix basse

-   Peut-être bien. Je pourrais te faire une réponse de normand : P'ête ben qu'oui, P'ête ben qu'non. Faut attendre »

Chrystelle lui demande

- Des fois tu ne serais pas retournée sur les bords du Loir ?

Maud ne dit rien et boit son apéritif à toutes petites gorgées puis propose à sa copine de commander un plat chaud pour manger.

- Tu n'es pas pressée maintenant pour me proposer de manger ensemble. Tu n'as rien de prévu tout à l'heure ?

- Non. J'ai un peu de travail à la maison et c'est tout. Sans doute pour une paire d'heures

- Bon, en route pour une pizza. Ça te va ?

- Oui, commande une reine pour moi

Chrystelle a observé Maud pendant qu'elles mangeaient. Elle pense que quelque chose a changé chez sa copine mais elle n'ose pas poser encore des questions. La conversation en fin de repas s'oriente vers une sortie cinéma pour ce soir et peut-être un thé dansant le lendemain sauf en cas de grand soleil. Rendez-vous est pris vers dix-neuf heures pour la séance cinéma.

La semaine s'est déroulée sans problème pour les deux copines. Maud s'est arrangée pour partir du travail une heure plus tôt le vendredi soir pour faire ses courses qu'elle fait habituellement le samedi en début de matinée. Elle a prévu son programme du week-end. Dès huit heures ce samedi elle est déjà arrivée sur le bord du Loir. Elle a mis sa tenue de jogging qui ne craint pas les salissures ou un petit accroc. Aujourd'hui, elle est décidée, elle ne fera pas que passer, elle s'arrêtera pour voir et parler. De loin elle a vu qu'il est là, à sa place habituelle avec ses cannes à pêche, son siège pliant, sa caisse et sa bourriche qui n'est pas encore à l'eau, signe que ça ne mord pas encore. Elle ralentit le pas en s'approchant de Claude qui se lève quand elle est à moins de cinq mètres. Il se penche vers sa caisse et ouvre le couvercle. Maud le regarde faire et se prépare à passer comme si de rien n'était. Claude se retourne face à elle et lui dit

- C'est pour vous, prenez ces trois roses. Vous devinez ce que ça veux dire

Maud rougit jusqu'aux oreilles, ne réussit pas à dire un mot mais prend quand même le petit bouquet, puis demande

- Pourquoi ?

- Pourquoi ? La réponse est dans vos yeux. Il n'y a pas d'appâts au bout de mes cannes ce matin. Il n'y en a qu'un seul : moi pour vous ! »

Dix minutes plus tard tout le matériel de pêche est rangé à sa place dans le garage. La porte est fermée pour un long moment.

Chrystelle est fidèle au rendez-vous devant la fontaine. Elle ne voit pas arriver Maud et s'inquiète, il est déjà midi un quart. D'un seul coup, elle entend derrière elle une voix masculine

- Bonjour mademoiselle. Excusez-moi, je suis la cause du retard de Maud. Elle arrive

Chrystelle ne comprend pas ce que cet homme lui dit, elle le regarde un peu plus et reconnaît Claude le pêcheur. Au moment où elle veut lui dire quelque chose c'est Maud qui lui met les deux mains sur les épaules et lui dit presque en criant.

- Tu sais, ça arrive comme une fleur qui va au fil de l'eau sur la rivière et qu'une ligne de pêcheur a attrapée. Ou alors ce sont des pétales qui flottaient jusqu'à moi et que j'ai attrapés

- Tu as trouvé ce que j'ai deviné depuis plusieurs jours et que j'avais vu dans tes yeux : le bonheur ! Allez venez tous les deux, ça s'arrose !

Claude surveille sa canne à pèche au bord du Loir

36

La source de Justine

Un bruit d'ailes qui battent l'air fait tourner la tête de Jules. C'est la troisième fois qu'il emprunte ce chemin que les gens d'ici appelle le chemin des trente tordus. Tout au long, des grands chênes dépassent la vingtaine de mètres de hauteur. Il y a plusieurs nids construits dans les fourches de branches. C'est sans doute un pigeon qui vient de s'envoler. Jules regarde à nouveau devant lui, des grosses pierres sont alignées de chaque côté. Il y en a des rondes, des pointues, des grises et des presque rouges. Un virage à droite, une pente légère, Jules se trouve entraîné à aller plus vite. Il ralentit à l'approche d'une nouveau virage où des branches forment une voûte. Un chevreuil est immobilisé au milieu du chemin à quelques mètres après le virage. Jules s'arrête et le fixe du regard. Ni l'un ni l'autre ne bouge pendant une dizaine de secondes, puis le chevreuil fait demi-tour et part en courant. Jules re-

prend sa marche vers le bas de la colline. Il jette un coup d'œil à sa montre et pousse un soupir, il lui reste moins de cinq minutes pour être à l'heure au rendez-vous. Le bruit de l'eau qui saute d'une pierre à l'autre parvient à ses oreilles et lui soutire un sourire. Il ralentit le pas, se passe la main dans les cheveux comme s'il voulait se faire une beauté. Il se sent de mieux en mieux et marche maintenant lentement en sifflotant, il est heureux.

La partie de pétanque bat son plein sur la place entre l'église et le monument aux morts. Il y a des éclats des voix mais c'est la comédie habituelle à chaque point gagné ou quand le petit est chassé. Le treizième point marqué tous se retrouvent au-tour de la table où les verres attendent le rafraîchissement au frais dans la glacière. Ils parlent de ce chemin dans le bois qui intrigue les touristes qui ont entendu parler de ce mystère. L'un d'entre eux émet l'idée de faire payer à l'entrée du bois et qu'avec cet argent ils auraient à boire gratuitement après les parties de pétanque. C'est un éclat de rire général avant qu'ils se lèvent pour terminer la partie avant l'heure de l'apéritif.

Jules est revenu de sa promenade dans le chemin au milieu des bois. Il a en main une branche de noisetier qu'il est en train d'éplucher. Il a un grand sourire. Il a certainement trouvé ce qu'il était parti chercher. Il a l'explication de la légende.

Il avait lu dans un vieux grimoire que la fée Justine avait vécu dans ce bois en se cachant dans une grotte non loin de la source du ruisseau appelé Rû bleu. Il savait qu'il y avait un grand nombre de virages avant d'arriver et qu'il fallait chercher après le vingt-neuvième. Les deux premières fois il n'en avait compté que vingt six et découvert trois sources qui jaillissaient entre les pierres pour se rejoindre une quarantaine de mètres plus loin. Jules s'interrogeait sur ces sources, laquelle est celle de la fée, les virages qui manquent où sont-ils ? À cette troisième fois, il s'était d'abord assis au bord du bois et avait observé les oiseaux qui allaient et venaient entre les branches des grands arbres. Il avait vu que la plupart faisaient un grand détour devant l'entrée du chemin. Jules s'était levé et avait regardé le sol devant ses pieds en se rapprochant du chemin. La terre est différente de celle du milieu du champ. Il s'est dit que les cultures ont mordu sur le bois et que celui-ci a reculé de plusieurs mètres. Il s'est écarté de l'orée et a fixé le sol. L'apparence de la terre n'est pas uniforme et un tracé en zigzag de près de deux mètres de large semble surgir du bois. Il s'est dit que ce sont les virages qui manquent. Il a fait une dizaine de pas en arrière et s'immobilise. Un vol de pigeons arrive pour se poser dans les arbres, ils montent haut dans le ciel avant de plonger à plus de cinquante mètres de la bordure. Aucun n'est passé au dessus de l'entrée du chemin. Jules était surpris et pensait avoir trouvé ce qu'il cherchait. Il avait décidé de reprendre la descente du chemin jusqu'aux sources et à la jonction des trois petits ruisseaux. Il avait mis la main dans l'eau. Surpris par la température il l'avait retirée aussitôt : elle était chaude ! En même temps, un bruit étrange qui ressemble au souffle d'un animal s'est fait entendre. Jules avait tourné la tête vers l'origine du bruit : un bouquet de noisetiers qui s'agitait fortement. Jules s'est approché de trois pas et a essayé de voir s'il y a quelqu'un car les autres arbres et arbustes autour étaient immobiles. Encore deux pas et un soupir s'est fait entendre puis le silence, Plus rien n'a bougé. Jules a hésité, est revenu en arrière puis a demandé à voix basse, presque susurrée :

– Bonjour Justine. Je suis content de vous rencontrer. Je suis confus de vous avoir dérangée. Je voulais seulement savoir comment vous allez. Je n'ai rien à vous demander.

Un bruissement provint alors du bouquet de noisetiers qui semblait vibrer un peu puis c'est le calme et le silence. Jules est retourné au bord de l'eau et remit sa main au milieu du flux. Il a soulevée une pierre puis l'a reposée. L'eau était froide. Il a eu un sourire, il s'est dit : « maintenant je sais ! »

Les joueurs de pétanque ont vu Jules revenir et le regardent ébahis. Il les salue et continue son chemin jusqu'à sa petite maison. En passant il s'arrête à l'église pour y faire une prière et mettre une obole dans le tronc de la vierge.

Jules arrive devant chez lui, les volets sont restés clos, il a oublié de les ouvrir en partant ce matin préoccupé par ces vingt-sept tordus qu'il avait comptés les deux fois précédentes sans jamais arriver à trente. Il entre, ouvre les volets et cherche le vieux grimoire, s'installe dans le fauteuil et commence à tourner les pages. Il s'arrête presque au milieu et lit avec attention deux pages. Plusieurs fois il reprend un paragraphe. Une demie heure plus tard il replie le livre, le range.

Le lendemain après-midi, Jules après son simple repas passe dans la salle de bains et se fait une beauté. Il est décidé enfin à aller demander à Claudine de venir avec lui dans le bois pour découvrir ce chemin. Il lui en avait parlé plusieurs fois mais elle avait refusé à cause de la légende et de la malédiction que certains dans le village colportaient. Claudine est surprise de le voir venir ainsi en début d'après-midi. Leurs rendez-vous habituels ont lieu le soir après le dîner quand le parc est tranquille, les joueurs de pétanque étant rentrés. Jules la prend dans ses bras et lui parle tout doucement à l'oreille. Claudine se recule, met ses mains sur les épaules de Jules et lui demande :

– Tu es sûr de ce que tu me dis ! Tu l'as entendue !

– Oui. Et je veux que tu viennes, elle t'attend.

– Comment ! Elle m'attend ! Tu inventes n'importe quoi !

– Non, viens je t'assure, tu vas voir et entendre. C'est très beau.

Un quart d'heure plus tard, Claudine serre plus fort la main de Jules dans le sienne en arrivant au bord du bois.

– Regarde ici, dans le bord du champ, la terre n'est pas pareille. Ce sont les trois virages qui manquent pour faire le compte de trente.

– Ah ! Ah bon, si tu veux, je ne vois qu'un endroit où il n'y a pas d'herbes

– Justement c'est ça le repère. Allez viens. On entre dans le bois. Tu comptes ou je compte les virages ,

– Rien du tout. J'ai peur.

– Il n'y a pas à avoir peur, je suis là.

Il leur faut plus de dix minutes pour arriver dans le bas de la pente et apercevoir les rus qui bruissent. Claudine s'arrête et regarde dans tous les sens.

– Tu cherches quoi ?

– Je n'avais jamais vu ces trois petits cours d'eau

– Viens jusqu'ici, il y a quelque chose pour nous

– Pour nous ?

– Oui. Pose les pieds sur ces pierres et avance avec moi jusqu'au milieu, tu vois là où les trois rus se réunissent et que l'eau saute de pierre en pierre.

– Je vais tomber !

– Non je te tiens la main. Bon tu vois nous y sommes

– Oui, je vois au milieu de l'eau et je n'aime pas ça.

– Baisse toi et trempe ta main là derrière cette pierre ronde.

– Pourquoi pas ailleurs ?

– Vas-y

– Laquelle ? La gauche ou la droite ?

– Je te tiens la droite donc celle du cœur, la gauche, j'en fait autant.

– Mais c'est chaud !

– Oui et regarde bien ce qui se passe

– Ooooh !! Le tourbillon fait un cœur ! Mais pourquoi ?

– Je te tiens la main, regarde moi, viens dans mes bras !

– Tu en a mis du temps pour me le dire !

– Oui, je sais, mais maintenant j'en suis sûr, je le sais, la fée Justine nous protégera. Je t'aime.

À l'instant même, une trentaine d'oiseaux se sont posés face à eux au bord de l'eau et se sont baignés puis se sont envolés en secouant leurs ailes au-dessus d'eux comme pour les bénir.

Un cœur se forme sur l'eau

Affichette éphémère

Mon regard a été attiré ce mardi soir, en rentrant du travail, par une affichette sur la vitrine de la boulangerie. Un texte de cinq lignes annonçait le recrutement d'une dizaine de femmes pour le tournage d'une vidéo publicitaire. Il y avait un numéro de téléphone portable et une date maximum pour s'inscrire, soit avant dimanche prochain. Je relis une deuxième fois cette affichette et prend note du téléphone dans mon carnet. Étrange, cette méthode de recherche d'artistes ou de figurants, je vais en parler demain au journal savoir si des collègues ont vu cette demande.

Mercredi à neuf heures trente, je m'installe à mon bureau et ouvre l'écran de mon ordinateur pour voir le programme du jour. Rien de nouveau depuis ce que j'ai noté hier soir en partant. Je fais le tour des collègues sans poser la question de l'affichette, on verra tout à l'heure à la conférence de prévisions de la journée et des jours à venir.

Dix heures quinze, nous sommes cinq autour de la table et exposons notre programme et comment on prévoit nos papiers. Je prends la parole en dernier

-- Hier j'ai vu une affichette étrange de recherche de femmes pour un casting. Elle était collée sur la vitrine de la boulangerie. J'irais bien !

. -- Réjane, Comment tu vois ça ? Je n'avais pas l'information.

-- Pour suivre ce truc, je vais m'inscrire sans dévoiler mon métier. Le faire en sous-marin. Je vois ça dans la journée et je vous tiens informé.

-- OK. Mais fais gaffe. Il y a peut-être un drôle de truc la-dessous.

-- Oui chef. Justement le texte de l'affichette m'interpelle, donc j'ai envie d'y aller.

La matinée se termine par la frappe des papiers en cours pour le journal du lendemain. Il est presque treize heures quand je fais le numéro du portable de l'affichette sur le mien. La sonnerie résonne dans mon oreille et au sixième coup, une voix masculine me dit "bonjour". L'échange est bref et j'ai une invitation pour prendre l'apéritif samedi soir dans la grande brasserie face à la cathédrale. Je n'ai pas eu le temps de poser des questions que c'était raccroché. Intrigant et inquiétant compte tenu du ton directif de mon interlocuteur. Je réfléchis pendant de longues minutes puis me lève et vais voir Gérard, un collègue, avec qui j'ai de bonnes relations amicales en dehors du travail. Je lui explique ce que je viens d'obtenir

-- Gérard, j'ai eu une réponse avec une invitation à la grande brasserie samedi soir à l'heure de l'apéritif. Le mec m'a raccroché au nez avant que je pose des questions. J'ai comme un pressentiment étrange. Pourrais-tu venir en observateur ?

-- Pas de problème Réjane, je ne suis pas de service. j'essaierais même de prendre un ou deux clichés. C'est dans quel coin de la brasserie ?

-- Le seul repère qu'il m'a donné c'est un bouquet avec trois roses de couleurs différentes au milieu de la table et qu'il y aura plusieurs personnes.

-- C'est bon. Ne t'inquiètes pas, j'y serais.

Rassurée, je retourne finir d'établir mon planning des reportages des trois jours à venir en espérant que le rendez-vous de ce samedi soir ne va pas tout bousculer.

Jeudi dans la matinée, je refais le tour des vitrines du centre-ville pour voir la fameuse affichette. Je m'arrête devant la boulangerie et la boucherie. Je regarde : rien ! Il n'y a plus cette affichette. Seule une annonce d'un vide grenier reste en vue du public. J'hésite un peu puis entre dans la boulangerie. La serveuse me salue et me demande

-- Vous désirez madame ?

-- Une baguette s'il vous plaît. Dites mademoiselle, hier il y avait une affichette annonçant une recherche de femmes pour un casting.Elle n'est plus sur la vitrine. Il reste celle du vide-grenier.

-- Tenez voici votre baguette. Pour l'affichette je vais demander à ma patronne. Elle est dans l'arrière boutique.

J'attends moins d'une minute et la boulangère arrive et m'explique

-- C'est celui qui l'a mise qui est revenu la retirer. Il m'a remercié de l'avoir laissée

-- Et il n'a rien dit d'autre ? C'est rare quand quelqu'un ne laisse pas longtemps son affiche !

-- Il m'a dit qu'il avait le résultat escompté et qu'il avait assez de monde. Malgré tout, il m'a laissé un drôle de sentiment : très élégant, peut-être même maquillé, une façon de parler bizarre. Je vous dis il est étrange. Au fait pourquoi vous me demandes tout ça ?

-- Je travaille au journal et on est à l'affût de tout ce qui se passe dans le coin

-- Ah bon. Bon reportage alors si vous y allez !

-- Merci et au revoir.

Samedi soir, il est à peine dix-huit heures quarante quand je pousse la porte de la grande brasserie. Je fais trois pas et jette un regard circulaire pour tenter de repérer la table avec les roses de trois couleurs. Je ne vois rien et avance vers le bar. Je regarde à nouveau à gauche et aperçoit ce fameux bouquet sur la table au fond dans l'angle. Il y a une dizaine de chaises disposées autour et un homme d'une quarantaine d'années est assis en bout. Avant de me rapprocher je fais demi-tour pour me diriger vers les toilettes. En passant je croise le regard de Gérard qui est en galante compagnie mais me fait un clin d'œil. Devant la glace je remets une mèche de cheveux en place. Je traverse à nouveau toute la salle et j'avance vers la table où une jeune femme noire est assise au centre le long du mur. Je me présente à l'homme qui m'invite à prendre place et me demandant de patienter tout le monde n'étant pas arrivé.

Vingt heures sont passées de dix minutes quand je quitte la grande brasserie. Je suis la première à m'être levée de la table en expliquant à l'homme que sa proposition de casting et de petit rôle dans un film local ne rentre pas dans mes projets à venir ni ne correspond avec mes activités. Je n'ai pas dévoilé que je prenais des notes pour un éventuel papier. j'ai le prénom des sept femmes présentes avec un descriptif sommaire de leur physique. Le recruteur a eu du mal à nous donner des repères sur son projet et même à nous laisser autre chose que son numéro de portable pour le joindre. Mon sentiment d'inquiétude que j'avais eu après l'invitation téléphonique est grandissant. J'ai droit à un grand sourire et un pouce levé de Gérard en passant.

Lundi à seize heures, je termine de taper mon dernier article et contrôle sa mise en page. Je vais voir Gérard pour parler de samedi soir.
-- Alors ce recruteur, il veut faire quoi ?

- Un film local sur la vie dans la ville. Il est très vague et ne nous a pas parlé d'hommes ou d'enfants. Il va peut-être voir ça plus tard. Et toi ?

-- Tiens, regarde l'écran, j'ai réussi à prendre tout le monde.

-- Formidable. Peux-tu me les envoyer ? je vais pouvoir mettre les prénoms tout de suite sous les têtes des filles. par contre lui, il ne nous a lâché qu'un prénom, Claude, et rien sur son entreprise et des détails sur son projet. Bon je vais en parler voir le chef.

Pendant presque vingt minutes, je donne le maximum de détails au chef qui me demande

-- Mais les filles, elles viennent d'où ?

-- De l'agglomération. Il y en a quatre qui m'ont donné leur téléphone. je les appellerais dans une dizaine de jours.

Un quart d'heure plus tard j'avais l'accord du chef : "on verra"

Il y a dix jours que j'ai eu le rendez-vous à la grande brasserie et j'éprouve le besoin de savoir ce qui se passe. Je décide donc de passer un coup de téléphone à une des femmes qui étaient présentes. je prend mon carnet où j'avais tout noté et choisi d'appeler en début de soirée celle que je trouvais la plus jolie, Roseline, une grande blonde avec des lunettes et des cheveux légèrement bouclés. Trois sonneries et je reconnais sa voix. Elle me reconnaît aussi et me demande pourquoi je n'étais pas restée.

-- Je te le dirais mais il en est où ce film avec ce beau mâle ?

-- Hier je me suis rendue dans un immeuble au bord de la route nationale à un quart d'heure de route. Dans un appartement du troisième étage, la grande salle à manger était aménagée pour filmer.

-- Donc un casting.

-- Oui et non. Deux-trois essais de marcher avec et sans talons hauts, tomber élégamment la veste puis déboutonner le corsage.

-- Oh Oh ! Ça chauffe !

-- Oui, il y avait de ça, mais pour moi ce n'était pas bon. Je suis partie en claquant la porte.

-- Ce que tu viens de me dire confirme mon sentiment et ma décision de quitter le rendez-vous sans donner suite.

-- Oui, je craignais que ça dérape et ce n'est pas du tout mon genre.

-- Tu fais quoi comme travail ?

- Hôtesse de caisse. J'espérais arrondir mes fins de mois. Tant pis !

-- As-tu vu d'autres filles ?

-- Non.

-- Bon je te laisse. Peut-on se voir la semaine prochaine autour d'un café, on parlera de ce casting, casting un peu bizarre !

-- Pas de problème. En ce moment je finis l'après-midi à dix-sept heures dix.

-- Je t'appelle vendredi pour samedi selon mon programme de travail.

-- D'accord, à vendredi.

Un moment de calme le lendemain me permet de parler à Gérard de mon coup de fil en lui montrant qu'elle était mon interlocutrice sur ses photos. Sa réaction est comme la mienne

-- Ton truc est bizarre. J'espère qu'on n'aura pas un mauvais fait divers là-dessus.

-- C'est ce que j'espère aussi. Je te tiendrai au courant lundi.

Samedi à dix-huit heures je retrouve l'ex-candidate au casting devant un café à la terrasse du buffet de la gare. Pendant une heure nous parlons du rendez-vous à la grande brasserie et elle me donne des détails sur son casting. Au moment de se quitter, notre conclusion sur ces petits évènements est identique : c'est plus que bizarre et on ne sait pas sur quoi ça va dériver.

Il y a maintenant trois mois que j'ai rencontré cet homme étrange et vu et revu Roseline qui avait participé au casting. Je n'ai pas osé appeler les autres femmes et cette affaire était presque oubliée, il ne me restait que les photos sur l'ordinateur.

Le chef m'appelle en urgence avec Gérard ce jeudi matin dès notre arrivée. Ce n'est pas dans les habitudes de la maison sauf en cas de gros évènement.

-- Réjane, je pense que vous avez toujours en tête et sous le coude une histoire de recrutement de femmes

-- Oui, je n'était pas restée jusqu'à la fin du rendez-vous

-- Et il y a eu un gros truc cette nuit

-- Oh ! et où ?

-- Vous êtes attendus tous les deux à la brigade de gendarmerie de Grombourg.

-- Mais c'est à quinze kilomètres

-- Foncez, il y aura le procureur dans quarante cinq minutes.

Sans se poser de questions, nous prenons la voiture du journal siglée des deux côtés et on roule. En route, nous n'osons pas trop parler, nous nous posons des questions sur ce qu'on va nous annoncer. Vingt minutes plus tard nous entrons dans la cour de la gendarmerie Le colonel qui commande le groupement est devant la porte principale en discussion avec quatre gradés parmi lesquels Gérard reconnaît l'adjudant qui est le patron de la brigade. Il nous fait signe d'approcher. Nous nous présentons et serrons la main de tous les hommes en uniforme. Ils nous invitent à entrer et de patienter

-- Nous ne pouvons pas vous parler, c'est le procureur qui va vous expliquer. Il doit être là d'ici dix minutes. Nous irons sur place après pour vos photos.

On se regarde avec Gérard et on ne bouge plus. On attend.

Onze heures trente. Nous sommes en conférence avec le chef qui est impatient de savoir

-- Alors Réjane c'est quoi ? On m'a juste dit qu'il y avait des femmes.

-- C'est le personnage des affichettes qui est au centre de cette affaire. Il n'y a pas mort d'hommes ou plutôt de femmes mais de l'agression et limite viol.

-- Étonnant que tu aies eu cette intuition. Alors j'aurai les détails dans ton papier.

-- Un homme déphasé par les femmes qui veut les mettre en avant, les installer sur un piédestal et leur clamer "Femmes, je vous aime ! Vous êtes les plus belles créatures du monde"

-- Et ?

-- Il les voulait nues et ses mains se sont promenées. Elles ont crié, les voisins ont appelé les gendarmes craignant quelque chose de grave.

-- Les uniformes, ils en font quoi de ce personnage et que dit le procureur ?

-- Internement d'office.

-- Donc petit papier mais peut-être mille cinq cents signes quand même.

-- Oui avec photos des lieux sans oublier les voisins qui ont bien réagi même si c'était presque rien. On verra en une ou en deux avec au moins deux photos.

-- Et vous chef, les femmes vous les aimez ?

-- Une seule, la mienne.

Une étrange affichette sur la vitrine de la boulangerie

Les fleurs sont de retour

La pleine lune brille depuis ce début de nuit, la campagne est illuminée de cette lueur blafarde qui allonge les ombres des grands arbres au bord du ruisseau.

Une chouette observe depuis la haute branche d'un chêne, sa tête tourne de tous côtés pour trouver de la nourriture. Ce n'est pas facile, les mulots ou autres souris ne sont pas encore en nombre dans cette bordure du marais. Une chauve-souris passe sans bruit devant la chouette, son vol est étrange comme sans but précis. Au lever du jour, c'est un vent assez faible qui vient du sud qui réveille la campagne, les brins d'herbe ne sont pas plaqués au sol par les rafales comme la semaine dernière. Trois violettes montrent leur petites fleurs à ras des feuilles arrondies. L'herbe du pré commence a verdir et des nouveaux brins pointent cachant progressivement ceux qui ont desséché sous les frimas de décembre et janvier. Les nuages disparaissent vers le nord, la brise restant désormais au sud. Dès les premiers rayons du soleil, les oiseaux se mettent à chanter puis à la recherche du matériel pour construire le nid avant de chercher la compagne pour fonder la famille. Au sol des petites bêtes s'agitent en tous sens, les fourmis sortent de leur motte de terre et partent à la recherche de leur nourriture. Elles se suivent jusqu'au pied d'une primevère encore en boutons, une autre colonne s'élance à l'assaut d'une motte de terre qui supporte sans mal cinq pieds de coucous. Leurs longues tiges sont couronnées par ces fleurs jaunes si étranges, on croirait des haut-parleurs qui annonceraient le printemps. Les ouvrières rapportent leurs découvertes : des miettes d'herbe qui nourriront les larves qui plus tard les remplaceront. Un mulot pointe le bout de son museau à la porte de son trou. Il hésite puis sort complètement la tête puis les pattes avant et enfin tout le corps. Il se dresse debout et regarde de tous côtés. Pas de danger apparent, il s'en va à la découverte de son environnement et peut-être d'une compagne.

Non loin de ce petit coin paradisiaque, Mamie ouvre ses volets et respire un grand coup en voyant le soleil. Elle pense que les beaux jours vont enfin être là pour lui donner du baume au cœur et surtout embellir son jardin. Elle regarde son jardin, son regard va de gauche à droite, elle lève la tête légèrement et respire plusieurs fois à pleins poumons. Un sourire se fige sur ses lèvres. Son visage s'illumine et ses yeux se fixent sur le massif à droite des deux poiriers. Elle a bien senti le léger parfum des jacinthes qui montrent leurs grappes roses, bleues et blanches. Il y en a presque une douzaine de chaque couleur. Mamie referme aussitôt la fenêtre et enfile sa robe de chambre beige avec des fleurs rouges et jaunes. Elle quitte ses chaussons pour les savates qui sont toujours à attendre dehors sous la petite véranda. En quelques instants elle est au dessus des fleurs dont les effluves ont caressé ses narines. Elle est heureuse de voir une fois de plus le printemps arriver. Mamie fait un pas de côté et se dirige vers le fond du jardin : elle y a aperçu les fleurs jaunes des jonquilles. Elle a planté deux grosses poignées d'oignons il y a deux ans et c'est une masse verte et jaune qui marque le fond du jardin, les voisins en ont aussi le plaisir de la vue. Mamie avance lentement pour les admirer en regardant où elle pose les pieds. D'un coup elle s'arrête et se penche, elle a vu une fleur violette avec un pistil orange, la fleur dépasse à peine l'herbe, c'est un crocus. Elle regarde un peu partout sur la pelouse qui maintenant remplace presque tout le jardin. Elle repère encore trois ou quatre crocus et les évite pour aller admirer ses jonquilles. En revenant vers la maison, Mamie s'arrête devant le massif de rosiers, les bourgeons des feuilles sont prêts à exploser et il y en a même un ou deux qui deviendront des fleurs. D'un seul coup son pied bute sur un petit tas de terre qui dépasse un peu des herbes. Elle vient de démolir à moitié la fourmilière. Les fourmis sont sorties en colère contre cette destruction et s'emploient aussitôt à reconstruire la partie centrale avec la nursery. D'autres petites bêtes ont aussi été dérangées par le passage de Mamie. Elles reprennent leurs activités quelques minutes plus tard. C'est la recherche de nourriture qui est la vie pour toutes ces petits animaux qui peuplent nos jardins et profitent des plantes sauvages ou celles que les hommes plantent.

Une dizaine de coccinelles rouges à points noirs part à la découverte du jardin de Mamie. La bordure de rosiers est leur garde-manger, deux d'entre elles se lancent à l'assaut des tiges qui portent des boutons, ils ont même devancé la pousse des feuilles. Les coccinelles connaissent bien ces tiges, c'est le support du repas préféré des pucerons, le suc de rosier est leur régal, et les pucerons sont le régal des coccinelles.

Les fourmis partent en colonnes pour trouver de nouveaux points pouvant leur donner à manger. Des fleurs commencent à pousser un peu partout dans l'herbe, trois pieds de primevères sont sur leur passage. Les fourmis les contournent puis continuent. Des tiges d'herbes mortes sont desséchées et brisées, ce sera un régal pour la colonie et c'est le début du travail. Chaque fourmi prend un morceau de déchet végétal et l'emporte comme elle peut. La fourmilière est ainsi en pleine activité.

Des pâquerettes ont sorti leurs fleurs aux multiples et fins pétales. Elles poussent un peu partout et égayent de leurs couleurs le gazon. Ce sont les premières mouches qui viennent s'y poser.

Du bois voisin trois abeilles sont venues en reconnaissance, elles cherchent aussi leur nourriture.

Aujourd'hui Mamie est partie en promenade. Elle sait que le soleil va être présent une grande partie de la journée et elle veut visiter le grand jardin public pour ses plantations et ses fleurs. En ce début du printemps c'est pour elle la plus belle saison. Les jardiniers ont préparé les bulbes depuis la saison précédente et ils les ont plantés pour faire des beaux dessins. En arrivant Mamie entend un bruit de moteur, elle aperçoit une tondeuse en action. Le gazon subit sa première coupe, l'odeur d'herbe coupée envahi l'atmosphère. Mamie reste un moment à regarder le jardinier pousser sa machine puis avance en empruntant le chemin qui serpente et rejoint l'escalier qui grimpe jusqu'à la fontaine. Arrivée en haut des marches, elle fait lentement le tour de la fontaine en regardant le jardin. Elle recommence un deuxième tour et s'immobilise lorsque sa vue lui permet d'admirer le parterre central.

C'est le blason de la ville qui est devant ses yeux : tulipes, jonquilles, primevères entrelacés, en lignes, en courbes repro-duisent fidèlement ce qu'elle aime, sa ville. Elle regarde les autres parties du jardin en s'imaginant ce que pourrait-être celui-ci avec les fleurs d'été.

Mamie visite le parc et admire les fleurs du printemps

Un manche mystérieux

-- Bonjour, père Choron, avez vous des nouvelles ?

-- Non, il n'y a toujours que ce manche de godille qui a été retrouvé. Je suis surpris de voir qu'il n'est pas cassé mais coupé comme avec une scie à dents très fines, on pourrait croire que ça a été fait avec une scie à métaux.

– Oh ! Je peux le voir ?

– Venez à la maison, je l'ai mis dans mon garage, il ne faut pas le laisser traîner à la vue de tout le monde.

– On y va.

Charles emboîte le pas du père Choron en rejetant dans son dos sa sacoche. Ils longent le quai où les premiers touristes déambulent en regardant les bateaux amarrés tout au long. Certains s'arrêtent et se penchent pour essayer de voir l'intérieur.

Tout en devisant sur les prochaines grandes marées, ils quittent la zone du port pour aller plus loin à l'intérieur du village. Après avoir traversé la grande route, ils arrivent dans ce quartier où toutes les maisons se ressemblent : basses, deux grandes portes fenêtres, une grosse cheminée qui dépasse du toit en tuiles canal rouges, une clôture basse avec un portillon en bois peint en vert. En vert pour celui du père Choron, les autres sont rouges, bleus, oranges ou violets selon les goûts de chacun mais surtout pas comme celui du voisin. La porte du garage est entr-ouverte, les deux hommes traversent la cour puis entrent, le père Choron ouvre en grand la porte dou-ble pour éclairer l'intérieur.

Sur l'établi à gauche un seul objet : environ soixante centimètres de long, cinq ou six centimètres de diamètre, rond, légèrement conique et un renfle-ment à une extrémité. Charles le prend en main et va à l'extérieur pour le regarder de près. Il passe sa main tout au long, il va et vient plusieurs fois, ses doigts effleurant le bois, sans appuyer comme il caresserait une peau de bébé. Il arrête et reprend, revient par trois fois à une dizaine de centimètres du renflement d'extrémité.

Il pose son doigt et fait venir le père Choron à côté de lui.

– Regarde là, où j'ai mon doigt. Il y a des petites rayures, celui qui se servait de ce manche portait une bague à un doigt. Elle a marqué le bois.

– Montre moi où ; je ne vois rien !

– Tiens, c'est là, regarde, les rayons du soleil font une ombre !

– Il me faudrait une loupe ! Bon si tu veux, si toi, tu vois, c'est que c'est vrai.

– C'est sûr, il y a des traces, mais ça ne nous dit pas d'où il vient. Et puis à l'autre bout c'est bien des traces de dents de scie très fines. C'est un mystère ce morceau de bois qui pour toi, tu es d'accord avec moi, c'est un morceau d'une godille.

– Pas de problèmes, c'est ça. La seule chose c'est que je ne connais personne sur le port qui se déplace à la godille, ils ont tous un moteur ou des rames sur leurs annexes. Il a peut-être été perdu loin d'ici.

– Je le remets sur ton établi, tu fermes et on va chez Pierre-Jean.

Une demi-heure plus tard, les deux compères sont installés à la terrasse du café du port tenu par Pierre-Jean, fils et petit fils de marin mais qui n'a jamais pu naviguer à cause d'un pied-bot. Il n'a pas attendu leur commande et leur apporte les deux bières qu'ils ont l'habitude de déguster tous les jours en milieu d'après-midi. Le café est pratiquement désert et le patron s'assoit avec ses clients et amis.

– Je vous vois aller et venir bizarrement depuis trois ou quatre jours, vous avez trouvé quoi cette fois-ci ? Une baleine ? Un requin empaillé ? Un sous-marin ? Ce n'est tout de même pas le tibia et le fémur de l'unijambiste repêché dans le bassin il y a un mois ? Je vois bien que vous êtes en train de chercher quelque chose.

– Hein Père Choron ! Il cause de quoi Pierre-Jean ? On ne cherche rien.

– Bien sûr qu'on cherche rien, Ou peut-être quelqu'un pour nous payer à boire gratos ! Hein Pierre-Jean ? Ce verre là ce n'est pas le gratuit du jeudi ?

– Non pas question. Par contre si je trouve ce que vous cherchez, vous me payez une bonne bouteille. J'ai un bon rosé en cave, je mettrai autour ce qu'il faut.

– En voila de drôles de propositions ! Bah pari tenu, hein Charles ?

– C'est d'accord. On en reparle demain, on va préparer notre plan

– Bande de rigolos ! On verra bien. Bon pour l'instant c'est six euros.

– Et ce sera combien cet été pendant les vacances ?

– Même tarif pour vous mais faudra pas le dire aux touristes !

– Tiens, voila tes sous. À la tienne père Choron et à toi aussi Pierre-Jean.

Pendant une semaine, les deux compères sont venus au café du port mais sans rien dire et le patron, Pierre-Jean, n'arrive toujours pas à savoir si réellement ils cherchent quelque chose. Hier, il a tendu l'oreille Charles étant en pleines explications avec le père Choron. Il y avait des sourires et des échanges de petites tapes sur les mains et les épaules.

La seule chose qu'il croit avoir entendu était un futur rendez-vous avec le journaliste du quotidien local, sans doute pour dévoiler le résultat de leurs recherches sur cet objet mystérieux que lui n'a pas encore vu.

Le jour commence tout juste à se lever, on est à quelques jours de fin mars. Des gros nuages noirs sont à l'horizon sur la mer. Charles et le père Choron larguent les amarres de la barque que Charles utilise pour la pêche. Ils rigolent de cette aventure qui va se terminer dans deux jours exactement, ce sera le jour où le coefficient de marée dépassera les 105. Ils sortent du port et prennent la route du noroît. Les lignes sont mises à l'eau rapidement avec le minimum d'appâts. Le père Choron a expliqué hier soir à Charles qu'il aurait la solution à cette affaire de manche coupé mais qu'il fallait ramener du poisson pour mieux dévoiler cette mystérieuse affaire qui a déjà fait le titre en page une des Nouvelles du Large, le journal local. Une heure de navigation plus tard, la barque se dirige droit vers la côte face à un ensemble de cinq à six maisons basses en bois construites en haut de la dune.

– Charles, tu vois la deuxième à gauche, avec les volets roses.

– Oui je la vois bien. Sauf la couleur, elle est comme les autres.

– C'est bien là la différence. On y va, j'ai la clef.

– On ne peut pas venir ici par la route ?

– Non. Ces maisons sont le souvenir des corsaires. Leurs descendants sont toujours revenus ici et ces petites maisons ont pour certaines plus d'un siècle.

– Tu tiens cette histoire d'où ?

– De mes grands parents, surtout mon grand-père Arthur. Il a connu des vieux de la marine à voile. Il y en a un qui lui avait confié un secret, je suis le seul à le connaître. Tu vas en découvrir une partie.

– J'ai l'impression que ce bout de godille, ce manche mystérieux, c'est un truc que tu connais bien, tu me fait marcher depuis deux mois avec ça !

– Peut-être bien et puis aussi les autres. Il faut bien rire de temps en temps !

Le père Choron donne une grande claque dans le dos de Charles et éclate de rire.

– Charles, on relève les lignes avant d'accoster, tourne le moulinet de celle de bâbord, moi je prends tribord.

Cinq minutes plus tard une quinzaine de poissons frétillent dans le vivier encastré dans le pont. Charles range le matériel de pêche et remet un peu de gaz au moteur pour atteindre le sable. Il saute sur la plage et attrape le bout avec un piquet et va le planter à une dizaine de mètres de l'eau. Le père Choron descend à son tour et se dirige vers la maison aux volets roses. Charles lui emboîte le pas en s'interrogeant sur ce que peut-être ce secret et en plus caché dans cette maison isolée qu'il ne connaissait pas. La clef manœuvre dans la serrure sans problème. Il faut néanmoins pousser un peu fort la porte en bois qui frotte mais accepte le passage des deux hommes.

Le père Choron traverse la pièce unique et va ouvrir les deux fenêtres qui donnent sur la mer. Charles regarde dans tous les sens, il n'a jamais vu ce genre de maison : une grande pièce, deux fenêtres, un placard, le sol est fait de carreaux hexagonaux , des tomettes, les murs sont en planches brutes. Il n'y a pas de plafond, on voit directement la charpente et les tuiles.

– C'est à toi cette bicoque ?

– C'est un bien de famille. Tu ne verras jamais cette maison mentionnée dans les actes des notaires. C'est une tradition du moyen-âge, les comtes laissaient les corsaires s'installer dans ce coin. Ils ne devaient jamais aller au pied du château. Leurs visites au village n'étaient que pour acheter de quoi se nourrir. Les habitants venaient ici pour voir ce qu'ils avaient ramené des leurs expéditions et leur acheter.

– Un marché à part de la vie normale ?

– Si tu veux. Bon, arrive là, Tu attrapes cet anneau et lève le panneau.

Charles n'avait pas vu cet anneau au milieu de la pièce et se penche pour le prendre en mains. Il voit sur le sol un carré de presque soixante centimètres de côté. Il commence à lever sous le regard du père Choron qui esquisse un sourire. Charles le voit et lui demande ce qui le fait rire.

– Ouvre et tu verras bien ! Allez encore un effort ! Vas-y, c'est bien, tu poses le couvercle à côté, par là devant les fenêtres.

Charles regarde dans le trou ainsi dégagé. Il y a une caisse avec des ferrures aux angles, un coffre de corsaire pense-t-il. Le père Choron l'invite à le sortir et de le poser devant la porte. Deux charnières d'un côté, un trou pour y mettre une clef de l'autre. Charles se gratte les cheveux en se demandant ce que le père Choron va lui sortir.

– Ne t'inquiètes pas Charles, ça n'explose pas ! Tiens je te fais l'honneur d'ouvrir ce coffre aux surprises, voila la clef, fais attention, ça tourne à l'envers, encore une farce des anciens.
– Pourquoi dis-tu encore une farce ?
– Ouvre tu verras bien !

Charles a vu que le père Choron se retient d'éclater de rire, il ne sait pas s'il doit ouvrir ou le laisser le faire. Il hésite, regarde le coffre, le père Choron puis revient au coffre et enfin après quatre ou cinq minutes il glisse la clef dans le trou.

C'est un véritable chas d'aiguille. Il commence à tourner en sens inverse des aiguilles d'une montre, sent une résistance, insiste et d'un coup ça tourne avec un grincement de métal rouillé. Il sent que le père Choron s'est rapproché dans son dos.

— C'est maintenant que tu vas connaître le secret des corsaires. Ouvre !

Charles pose sa main droite sur le bord du couvercle et lève lentement. Ça grince encore plus fort, les charnières sont presque bloquées. Il tire plus fort. C'est fait, c'est ouvert. On ne voit qu'un morceau de tissu rouge plié qui cache tout ce qui est dans ce coffre. Charles n'ose pas y toucher.

— Il ne mord pas. Soulève le, c'est en dessous. Attention c'est précieux et ça se casse.
— C'est quoi ?
— Soulève et regarde.

Charles retire la voile rouge pliée, la pose délicatement à côté du coffre et se penche pour voir ce secret des corsaires.

Un bonnet noir, un pantalon bleu, un pull rouge sont pliés et rangés côte à côte. Un morceau de cuir dépasse sous le pantalon. Le père Choron s'approche et enlève les trois vêtements et s'empare de l'objet mystérieux.

– Charles tu as devant toi, dans mes mains, le reste du capitaine Choron qui est mort en mer à la fin des années mille sept cent, au moment de la révolution. Ses marins nous en ont fait don. Pour honorer sa mémoire, la famille l'a toujours laissé ici face à la mer.

– Je ne comprend pas ce truc en cuir

– L'ancêtre avait perdu une jambe, ce cuir c'est l'emmanchement de sa prothèse sur son moignon pour marcher et ton manche ce n'est pas un morceau de godille mais sa jambe de bois !

– Andouille, tu pouvais pas me le dire !

– Non et on ramène le tout pour une conférence de presse. On est attendu à dix-sept heures.

– Et tu continues tes bêtises ! Au fait, on en fait quoi du poisson qu'on a pêché ?

– On le ramène et on le donne à Pierre-Jean pour qu'il nous le fasse griller avec la bouteille qu'il va nous offrir ! Dans deux jours c'est le poisson d'avril !

Le retour au port s'est effectué dans la bonne humeur et les éclats de rire.

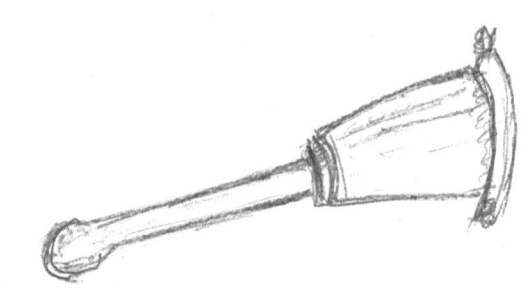

Le manche n'était qu'une jambe de bois !

Nicolas de retour...

Le bateau arrive en vue des tours qui marquent l'entrée du port. Il attend le pilote, le chenal étant assez étroit. Au troisième pont, Nicolas semble nerveux, ça fait plusieurs fois qu'il entre et ressort de la cabine où il a voyagé seul depuis l'Amérique du sud. Il se rappelle la Martinique et la Guadeloupe. Il y avait retrouvé des amis d'enfance et il était resté cinq mois au lieu des trois semaines initialement prévues. L'arrêt du bateau l'intrigue et il va voir sur les coursives. On est à un peu plus d'un kilomètre de la côte. Il voit les grues du port et le haut d'un énorme bateau de croisières, un de ces monstres qui emporte plus de trois mille vacanciers à chaque fois. Le bateau du pilote arrive et se colle au cargo, une échelle est lancée et un homme monte à bord. Une légère vibration indique la remise en route des hélices et le cargo reprend sa route vers les quais. Les amarres sont installées et le ballet des grues commence pour décharger les conteneurs.

Une passerelle a permis à la dizaine de voyageurs de regagner la terre ferme. Ils doivent monter dans un minibus qui les conduit au poste de douane. Ce n'est qu'une simple formalité à laquelle notre voyageur est habitué. Nicolas a déjà usé toutes les pages de deux passeports. C'est la première fois qu'il fait la traversée de l'Atlantique dans de telles conditions. Ce n'est pas le luxe dans les quelques cabines pour les éventuels passagers mais le confort y est satisfaisant. Les repas sont pris avec l'équipage et tout le monde apprécie ces rencontres différentes. De son écriture aplatie et saccadée, il a noirci la moitié des pages du cahier qu'il a ouvert à l'embarquement. Il aura la matière pour son prochain roman. Il a fait ce voyage pour s'imprégner de la vie dans ces îles françaises de l'Amérique du Sud et de la vie simple et joyeuse des martiniquais et de guadeloupéens. Il a pris également des centaines de photos tant des hommes et des femmes que des cultures ou des petits ports de pêche. Ça bouillonne sous son crâne quand il descend du taxi devant la gare. Après une nuit dans le train, il regagne son appartement au sixième étage.

L'immeuble est ancien et il n'y a pas d'ascenseur. C'est essoufflé que Nicolas ouvre sa porte. Il prend une grande respiration en avançant ; une odeur qu'il connaît bien lui envahi les narines, c'est la même que celle qui émanait de sa chambre d'étudiant, celle d'un célibataire...Il défait son sac à dos et le pose à côté de la table. Le sac de voyage lui tient aussitôt compagnie. Comme un chien qui retrouve son chenil, il fait le tour des trois pièces et regarde partout. Tout va bien à l'exception d'une couche fine un peu blanche de poussières sur tous les meubles et étagères. Il s'attarde devant le vaisselier qui lui sert de bibliothèque. Il tend la main et prend le livre de droite qui est en bout de la rangée. Il l'ouvre et fait un large sourire, tourne encore cinq ou six pages et dit à haute voix : « Mon cher la suite est dans mes bagages ! Tu ne seras plus le dernier ! »

Content de sa réflexion, il va poser le sac de voyage sur le lit dans la chambre puis ressort et descend tranquillement l'escalier. Arrivé sur le trottoir il regarde à gauche et à droite. Il hume l'atmosphère, il sent cette odeur d'essence ou de gazole qui vient des voitures. Nicolas secoue la tête et son regard se fixe sur le café au coin de la rue.

Il y a trois personnes assises en terrasse. Il esquisse un large sourire, un crâne chauve, un Borsalino et des volutes de fumée : ce sont les copains qui sont là, les habitudes n'ont pas changé, c'est l'heure de l'apéritif dans un quart d'heure. Un bus arrive et s'arrête quelques mètres plus loin, il en profite pour avancer au plus vite sans être vu. Il n'est plus qu'à cinq mètres quand le bus redémarre. Nicolas fait ces derniers pas sans faire de bruit et tendant le bras soulève le Borsalino d'un geste rapide. La réaction est vive, la chaise recule et d'un bond Jacques se lève et se retourne en criant un Oooh menaçant qui se termine par

— C'est toi !!! Mais tu n'est pas bronzé, tu es resté caché pendant tout ce temps ! Tu as du te tromper de direction, tu étais dans un pays froid !

— Salut les amis, le quatrième est de retour ! Hep ! Garçon ! une tournée avec un pastis pour moi.

Les quatre copains ont réagi que l'heure du dîner était passée, Nicolas les ayant entraînés dans son voyage outre atlantique dans un coin de France qu'ils ne connaissaient que vaguement par des reportages à la télévision.

Ils se sont séparés vers vingt-trois heures après un bourguignon et une tarte aux poires en se donnant rendez-vous le lendemain pour le café vers quatorze heures.

Nicolas a été vaincu par la fatigue et les émotions du retour. Il a dormi habillé sur le lit et le jour l'a réveillé en même temps que le couple de pigeons installé dans la gouttière juste au-dessus de sa fenêtre. Il sort de la douche et se rase puis vient s'installer à table dans la salle. Il retourne côté cuisine et réagit que les placards et le frigo sont totalement vides, il a oublié de faire les achats d'urgence hier en arrivant. Il descend et prend un café avec un croissant sur le pouce accoudé au comptoir du bar en bas de chez lui. Une heure plus tard il est de retour chez lui. Il ouvre enfin son sac de voyage et cherche son cahier dans lequel il a noirci de multiples pages de notes et de croquis. Il le feuillette pendant un long moment, fait deux ou trois repères en pliant un angle de certaines pages. Il a un léger sourire, il a en tête la trame de son futur livre. Il décide d'aller prendre l'air et de se promener sur les quais de la Seine pour retrouver l'ambiance de la capitale.

Ambiance qui en fin de compte lui a manqué pendant ces derniers mois. Il doit marcher plus de vingt minutes pour apercevoir le pont qu'il connaît par cœur. Il va jusqu'au milieu et se penche vers le fleuve.

Un bateau-mouche passe à ce moment et les passagers font des signes du bras à tous ceux qui sont sur le pont. Nicolas répond comme les autres en secouant la main. Il remarque que la plupart de ceux qui sont dans le bateau semblent être des touristes venus d'extrême-orient. Des souvenirs remontent aussitôt. Il essuie une larme discrètement et reprend le chemin du retour de son logement. Il fait un arrêt à son café préféré au bas de chez lui. Il y retrouve l'ambiance habituelle avec les trois ou quatre costauds qui tiennent le comptoir depuis des semaines et des mois. Ils reconnaissent Nicolas, celui qu'ils appellent affectueusement entre eux l'écrivain-voyageur. Le plus âgé s'avance vers lui et lui demande

    – Vous revenez d'où, monsieur le voyageur

    – De France, mais celle qui est loin.

    – Chez les noirs ou les jaunes ?

— De Martinique. Une île splendide où il fait bon vivre.

— Y-z-ont ils du pinard là-bas ?

— Non, mais ils ont du bon rhum !

— Vous y avez goûté ?

— Juste un peu. Si vous y allez, vous ne seriez pas souvent debout, parce qu'il chauffe fort

— Vous avez raison monsieur le voyageur, on restera chez nous, on préfère le rouge.

— Patron, payez vous de mon café et prenez une tournée de ces braves.

— Oh ! Merci, il ne fallait pas.

Depuis une semaine, Nicolas s'est remis à l'écriture, ce sera son sixième ouvrage sur des rencontres exceptionnelles sur toute la terre. Le globe terrestre qui trône au bout de sa table est étrange : il est parsemé de points rouges et verts. Les verts sont moins nombreux que les rouges. C'est le futur en rouge et le passé en vert. Chaque point vert est une escale faite au cours des années précédentes. Nicolas le fait tourner et d'un coup l'arrête : un point rouge vient de se décoller, il s'approche et regarde où il était : la Corée sera son prochain voyage...

Le globe de Nicolas est pas comme les autres...

Personne sur terre n'a la même vie que son voisin.

De bébé, on devient enfant, ado, adulte, on crée une famille, on prend de l'âge et on vit différemment.

Certains passent le cap des difficultés en décidant de continuer leurs vieux jours au sein des foyers résidences.

Les rencontres avec ces "anciens" est des plus enrichissantes. Ils ont toujours quelque chose à raconter.

Ils ont plein de plaisir dans leur façon de vivre. Et ils sont débordants d'humour ! Une grande source d'inspiration pour écrire leur quotidien.

Découvrez le.

Les poètes n'ont pas toujours bon caractère...

– Bonjour Jean. Où vas-tu à cette heure ?

– Oh ! c'est toi André ! Je vais à la mairie Il y a le rendez-vous pour la remise des prix des maisons fleuries.

– Ah bon ! Tu n'as quand même pas décoré une maison ?

– Non, mais le foyer résidence est récompensé pour nos balcons fleuris. Il y a de nombreuses jardinières installées sur les garde-corps et elles sont fleuries de toutes les couleurs. Toi, tu y vas aussi ?

– Oui mais pour travailler. C'est moi qui est de service pour le journal.

Quarante minutes plus tard André marche de concert avec Jean pour traverser la grande place. Jean s'aide comme d'habitude de sa canne blanche pour éviter les petits obstacles. Il est mal-voyant mais distingue les formes. La conversation revient sur la dernière visite d'André à la résidence.

Jean y vit depuis plusieurs années. Son handicap ne lui permet plus de vivre seul et il est heureux dans son studio et aussi de profiter des repas au restaurant situé au rez de chaussée. En effet, André, avec des amis, vient plusieurs fois dans l'année pour un moment d'animation pour les retraités qui vivent dans cette résidence. La dernière fois, pour leur plaisir, André avait écrit cinq nouvelles qui ont été lues comme des pièces de théâtre à plusieurs voix, interprétations qui ont été chaudement applaudies. Ensuite de comédiens, ils sont devenus chanteurs avec des chansons des années 60 pour rappeler la jeunesse de l'auditoire.

André demande à Jean comment il a trouvé l'histoire de la vieille dame avec sa canne qui en réalité était une artiste de cirque.

— Je ne sais pas comment tu peux écrire des choses comme ça. Dans notre foyer il y a bien entendu des gens un peu bizarres mais là tu as poussé un peu loin la chose !
— C'était plutôt pour faire rire.

– Pour rire j'ai préféré le coup des copains qui vont cacher des noix sous le rocking-chair au risque de faire avoir un infarctus à la brave grand-mère !

– Dis donc Jean, si je ne me trompe, c'est bien vous qui m'avez donné des idées pour écrire la dernière fois que je suis venu.

– Oui, tu nous avais demandé des idées. Je me rappelle l'année dernière quand tu avais transformé des fables de La Fontaine, surtout le corbeau et le renard.

– Bon Jean, je te laisse, je dois faire mon article sur les fleurs pour le journal. Tu connais le chemin. À une prochaine.

– Au revoir André.

André fait trois pas puis s'arrête pour regarder Jean avancer de son pas ferme en suivant bien le trottoir, sa canne en caressant la bordure.

Le lendemain, les résidents du foyer se sont partagés le journal pour voir l'article de la remise des prix à la mairie avec beaucoup de fleurs. La routine reprend ses droits. André de son côté n'est pas sorti de chez lui.

Il cherche des idées pour un nouveau roman qui va parler de la vie dans la plaine qui entoure sa ville. Il hésite entre les amours interdits entre un agriculteur et sa jeune voisine mineure ou des histoires de partage de territoire en bordure de la rivière qui serpente d'un moulin à eau à un autre. Son téléphone sonne, il décroche. C'est son chef du journal qui l'appelle pour un reportage dans l'après-midi. Il s'agit d'une réunion d'une association qui prépare une exposition. Quand il raccroche, il a le sourire : enfin un motif pour sortir et rencontrer du monde.

Trois jours plus tard, André se promène dans le centre ville et s'arrête devant les vitrines des commerces pour admirer les décors de la fête d'Halloween. Ce sera à la fin de la semaine que les enfants se déguiseront et sonneront aux maisons pour quémander des bonbons. Son regard va de droite à gauche et d'un coup il aperçoit un couple qui semble se disputer. André décide de se rapprocher. Le ton des voix augmente et les mains s'agitent. André ralentit le pas et s'arrête à une dizaine de mètres.

Les mots s'envolent, comme l'arrivée d'un orage entre les deux. D'autres passants regardent le couple en changeant de trottoir. L'homme se rend compte qu'ils sont regardés et aussitôt baisse d'un ton. Il ne sait pas comment faire, la honte le gagne. Sa femme s'en va en traversant la rue sans se retourner. André esquisse un sourire : ce qu'il vient de voir va certainement l'inspirer pour une prochaine nouvelle. Il reprend sa déambulation dans la ville avant de rentrer.

Depuis hier dimanche, la météo est triste avec des averses presque continues. André est à son bureau face à l'écran. Il n'a pas beaucoup d'inspirations. Vers quinze heures le téléphone sonne, c'est Jean qui lui demande de passer le voir au foyer si possible vers dix-huit heures, il a quelque chose de particulier à lui exposer. André est inquiet même si Jean lui a dit que rien de grave ne s'était produit et que sa santé allait bien.

À dix minutes de dix-huit heures, André franchit la porte automatique du foyer et prend l'ascenseur pour le second étage.

Jean est dans le couloir devant son studio, il a entendu l'arrivée de l'ascenseur. Les deux amis entrent aussitôt. Jean propose une chaise à André tout en s'installant de l'autre côté de la table.

– Alors Jean que ce passe-t-il ? Pourquoi cette urgence ?

– Demain matin, c'est la directrice qui me l'a dit. Donc demain matin il y aura une réunion pour les loisirs au sein du foyer.

– Et alors ?

– Elle m'a parlé que des écrivains seront présents pour ensuite faire écrire des histoires avec nous selon ce qu'on pourrait avoir comme idées. C'est ce que tu fais !

– Jean, je te comprends mais il n'y a pas urgence. Je ne suis pas seul sur terre mais il ne faut pas qu'ils m'évincent. Je crois avoir la solution pour les contrer.

– André et c'est quoi ?

– Pour l'instant je ne dis rien. Et je suis capable de plein de choses. Tiens moi au courant. Tu vas en ville quand cette semaine ?

– Ce sera lundi prochain, pas avant.

– Bon, c'est bien. On se voit autour d'un café pas loin de la fontaine, je sais où souvent tu t'arrêtes ! Je t'expliquerais mon plan pour les éliminer.

– D'accord André, vers quinze heures trente.

Il y a trois semaines que les deux amis se sont retrouvés autour d'un café et leur plan est désormais au point. Le rendez-vous est pour jeudi.

À quatorze heures, André entre dans le bureau de la directrice. Elle l'accueille avec un petit mot puis le guide vers le salon à l'entresol. Quelques résidents sont assis en rond face à une table où sont installés deux hommes d'une trentaine d'années. Ils ont devant eux une pile d'une dizaine de livres et ils sont en train d'expliquer comment on rédige un poème. André reste à la porte et écoute sans bouger. Il laisse les deux pseudo-poètes donner leurs conseils. Comme ils font une pause, André fais un pas vers eux les salue et leur demande :

– Pourriez vous justement écrire un poème, là, maintenant devant tout le monde ?

– Pourquoi demandez vous ça monsieur ? Et qui êtes vous ?

— Je suis un ami que les gens devant vous connaissent bien. Bon alors voici ce que je propose : un
résident va nous proposer un sujet et nous avons
vingt minutes pour écrire un poème. Acceptez vous
le défi d'écrire ?!

— On accepte le défi ! Alors, mesdames, messieurs qui a une idée ?

Pendant quelques minutes, ce sont des paroles
et des discussions entre cheveux blancs. La directrice
s'est rapprochée d'eux et échange quelques mots. On
l'entend dire :

— Alors c'est bien ça votre sujet ?

— Oui. C'est ça. Bon messieurs voila notre
idée : l'orage gronde ou éclate. On vous laisse le
choix mais il faut que ça éclaire et que ça tonne !

— C'est bien, je suis d'accord, et vous messieurs ?

— Oui. On attaque tout de suite.

Une heure plus tard, la directrice est de retour.
Les résidents arrêtent leurs jeux et reviennent
devant la table. Jean prend la parole pour ses amis

– Nous sommes prêts à écouter votre travail.

– Messieurs, je vous laisse commencer.

– Bon, donc voici notre ode à l'orage :

Hier soir d'un coup des nuages sont arrivés,

Ils étaient d'un grand coup de vent précédés.

Les oiseaux se sont envolés depuis les branches

Les femmes se dépêchent en secouant les hanches.

D'un coup un éclair zèbre le ciel au dessus de la vallée

La tonnerre se fait entendre très fort, un enfant a crié.

La pluie arrive à son tour et claque sur les pavés

Les piétons courent de gauche et droite pour s'abriter.

– Voici ce que nous avons fait. Alors à vous

– J'ai fait un acrostiche qui s'appelle : Et alors l'orage éclata

– C'est quoi un acrostiche ? demande Jean

– En lisant à la verticale les premières lettres de chaque vers, vous avez le titre de la poèsie.

– Oh !

En ce beau jour du milieu du mois de juillet
Toute la famille profite du soleil pour bronzer.

Allongés presque nus, deux corps sont enlacés
La présence des autres estivants n'est pas gênant.
On les regarde avec bienveillance et le sourire.
Rien ne semble les troubler
Sans doute cultivent-ils leur amour naissant.

Le ciel tout bleu voit quelques nuages gris venir.
On voit quelques parents héler les enfants.
Revenez ! Il faut rentrer ! Le soleil se cache
Attention ! Là-bas quelque chose vole : une bâche !
Grondement ou avion ? Quel est ce bruit ronflant ?
En quelques instant la plage se vide.

Endormis, les amoureux toujours enlacés ne bougent pas

Coup de vent sur la mer, elle se ride

Le vent soulève le sable qui cingle la peau.

Assis, d'un coup, les amoureux ne comprennent pas

Tout est vide autour d'eux. Ils sentent des gouttes d'eau

À la maison, rentrons en vitesse, l'orage est là.

Les résidents se consultent rapidement pour annoncer qu'ils préfèrent l'acrostiche d'André aux huit vers des deux nouveaux venus. Aussitôt les deux pseudo-poètes se sont levés ont repris leurs livres et sont partis. Les résidents ont fait comme un ouf ! de soulagement. La directrice est venue voir André et lui a dit merci pour le départ du duo que certains voulaient lui imposer.

L'orage éclate au dessus du village...

Voila, c'est un rocking-chair

— Bonjour madame, j'ai une livraison pour l'appartement 222. C'est assez volumineux.Voici les papiers de commande et le bordereau de livraison.

— Bonjour, Oui c'est bien ici, c'est au deuxième étage, regardez si vous pouvez prendre l'ascenseur. C'est en face.

— C'est bon, il est assez large, puis ce n'est pas trop lourd.

— Au fait vous pouvez me dire ce que cette excentrique a commandé ?

— Ce n'est pas un secret et je pense que vous n'allez pas tarder à être invitée pour le voir en fonctionnement.

— Et c'est quoi alors ?

— Une chaise à bascule

— Oh ! C'est original comme idée. Oui, j'irai voir ça.

Le livreur porte son gros colis en le traînant sur le sol sous l'œil un peu critique de la directrice.

Elle retourne dans son bureau. Le livreur disparaît dans l'ascenseur. Une demi-heure plus tard il est de retour dans le hall avec seulement des papiers en mains. Il salue la directrice et s'en va.

Trois résidents sortent de l'ascenseur et se dirigent vers la porte. La conversation entre eux se rapporte à la livraison dans la chambre au bout de leur couloir, un gros colis bizarrement emballé

– C'est un fauteuil qu'elle a fait livrer
– Non, il y a des skis en dessous
– Des skis ?
– Un fauteuil ça a des pieds, là il y a un dossier mais pas de pieds.
– Elle a peut-être pensé à l'hiver prochain, c'est sans doute une luge avec un siège confortable
– Une luge ! Y a pas assez de neige chez nous !
– Ou elle a fait voler le traîneau du Père Noël
– On verra à se faire inviter pour voir.
– Bah ! Si tu y arrives, tu nous le dis.
– On verra bien. En attendant, en route pour aller voir le PMU pour faire notre quinté.
– Oui, tu vois lequel gagner aujourd'hui ,

– Je vais regarder au fond de ma tasse de café !

– Oui, c'est encore une tournée en vue ! Ton marc de café ne donne pas souvent le bon résultat !

Les trois compères sont de retour vers seize heures et remontent à leur étage.

La vie de la résidence continue rythmée par les heures des repas et de la collation au salon après les parties de cartes ou d'autres jeux de société. Ce jour, ils ne sont qu'une petite douzaine à être présents autour d'une partie de belote et de dominos.

Une semaine s'est passée depuis la livraison à la chambre 222. Personne n'a encore vu le matériel livré. Il n'y a eu qu'un grand sac poubelle rempli avec des papiers d'emballage que la locataire a descendu au local poubelle. Le trio n'a toujours pas réussi à voir ce qui y a été livré. Pourtant à chaque fois qu'ils passent devant il jette un œil pour voir si la porte est entrouverte mais rien. Le jeudi suivant, des jeunes d'un lycée ont invité les résidents à une petite séance de théâtre dans le salon.

Le trio arrive dans les premiers et s'installe au fond pour voir tous ceux qui viennent assister à ce divertissement. À moins d'une minute des trois coups qui vont lancer le spectacle, ils voient la dame du 222 entrer. Ils se donnent des coups de coudes et Albert glisse à ses copains qu'il va aller voir si la porte est fermée ou pas. Ils approuvent et le laisse partir. Les portes de l'ascenseur se referment cinq minutes plus tard, Albert vient d'en sortir et se glisse sans bruit jusqu'à ses copains dans le salon. Il leur fait signe de venir et leur dit que la porte n'est pas fermée à clef et qu'il a vu. Deux minutes plus tard Albert pousse lentement la porte et le trio regarde. Ils ont devant les yeux une splendide chaise à bascule dont le grand dossier ressemble à celui du film Emmanuelle.

– Elle doit s'endormir facilement là dedans.
– Oui, tu as vu les coussins sur l'assise et sur le dossier.
– Je m'y installerais bien.
– J'ai envie de lui faire une farce, venez dans ma chambre, je vous explique. N'oubliez pas de bien refermer.

– On te suit.

Dix minutes plus tard les trois compères sortent de la chambre d'Albert et riant et se donnant des coups dans le dos.

Le jeudi suivant, un groupe de chanteurs a succédé aux jeunes acteurs de théâtre et les trois sont à leur poste au dernier rang. La résidente du 222 arrive trente secondes avant les premières notes et le trio s'éclipse sans bruit. Ils ont préparé quelque chose qui va faire bouger dans la résidence. Il est dix-neuf heures quand le trio s'installe dans la salle de restauration pour manger ensemble ce que chacun a apporté. Ils ont à peine commencé qu'une alarme sonne et qu'une partie du personnel, en courant, part vers les escaliers. Albert se lève et va jusqu'à la porte et écoute. Il revient à la table
– J'ai rien vu ni entendu. C'est pas là qu'il y a quelque chose.
– C'est peut-être dans les étages
Les trois hommes se remettent à manger tranquillement.

Leur calme ne dure pas plus de trois minutes, la directrice arrive en hurlant

– Tels que je vous connais, ça ne peut-être que vous !. Elle a eu une crise cardiaque .

– Qui ça ?

– La pensionnaire du 222 !

– On n'a rien fait

– Et qui mange des noix tous les jours ?

– Ça m'arrive de temps en temps, oui.

– Et pour les casser vous les avez scotchés sous la chaise de votre voisine

– Ah non !

– Elle ne les avait pas vues et au premier ba-lancement elle les a cassées et a cru à un pétard ou autre chose, la peur de sa vie !

– Ah bon. Et elle va comment ?

– Elle vous le dira demain ! Bande d'abrutis !

Les trois compères ont mis des noix sous le rocking-chair

Oui, j'ai raison !

Le calme du salon est perturbé depuis un quart d'heure ce mercredi après-midi. Trois tables sont plongées dans le calme avec leurs jeux de société : Monopoly, Triomino et une partie d'échec. C'est de la quatrième que proviennent quelques éclats de voix. Sans doute des émules de Pagnol dans cette partie de cartes car l'un des joueurs parle d'un atout mal posé. Moins de trois minutes après le début de ces éclats de voix, c'est un remue-ménage qui se produit : les quatre se lèvent ensemble et trois partent en ronchonnant vers la porte. Celui qui reste, Georges, s'excuse auprès des autres personnes présentes, récupère les cartes étalées sur toute la table, il y en a même deux par terre, les remets dans leur boite, roule le tapis vert et va ranger le tout dans le placard à côté de la fenêtre.

Le lendemain à midi le restaurant est plein. Tous les résidents sont à leurs places habituelles et les conversations vont bon train en attendant que les entrées soient servies. Les femmes de service arrivent avec les chariots et distribuent les assiettes avec du taboulé et des tranches de tomates et de concombres. Les conversations se taisent aussitôt et le bruit des fourchettes les remplacent. Le plat de résistance qui suit réjouit les papilles : un coq au vin avec des pommes de terre et des haricots verts. Les fromages sont présentés sur des plateaux qui passent de table en table.

Tous attendent avec impatience le dessert qu'ils savent particulier aujourd'hui. Un bruit de clochettes fait tourner les têtes vers la porte de l'office. Les femmes de service arrivent en poussant un chariot avec un gâteau à étages qui est surmonté de plusieurs bougies. Le chef suit en entonnant la chanson « Bon anniversaire » qui est reprise en cœur par une partie des présents. Le gâteau passe entre les tables jusqu'à celle de Madeleine qui regarde ce qui lui est destiné. Elle a les yeux fixés sur les deux chiffres qui sont entourés par les bougies : deux huit ! Quand le chariot est arrêté devant elle, elle se lève et souffle fort les bougies qui perdent aussitôt leurs flammes sous les applaudissements de tous. Le café est servi alors que treize heures trente est passé tandis que les autres jours à cette heure-ci les résidents ont déjà rejoint leurs chambres pour la sieste.

Plus tard dans l'après-midi le salon résonne des commentaires de ceux qui jouent. À la table du fond seul Georges est assis. Il a étalé le tapis de jeux et a sorti les cartes, le jeu de trente deux, pour faire une partie de belote. Ses partenaires arrivent enfin un par un. Le dernier, Paul semble plus que grognon. Georges lui demande ce qu'il a, s'il est malade ou que le gâteau de tout à l'heure n'est pas passé.

    – Non, ça va. Juste ma jambe gauche qui me fait mal depuis ce matin.
    – Allez, installe toi. Bon tu es le dernier arrivé et selon nos habitudes tu vas distribuer.
    – Bon, si tu veux.

La partie commence dans cette ambiance tendue mais au fur et à mesure des tours, les résultats de l'équipe de Paul et Charles, lui ramène le sourire.

En face Georges et Claude font un peu la moue. Vers seize heures cinquante, Georges annonce le résultat de l'après-midi. Paul et Charles sont les premiers à arriver à mille points et gagnent leur tournée d'apéritif avant le dîner, tournée offerte bien sûr par les perdants. Il range tranquillement les cartes dans leur boite, roule le tapis et se lève en donnant le rendez-vous apéro dans sa chambre à dix huit heures trente.

Une journée comme une autre au sein de l'établissement. Pourtant au coin de l'escalier, Madeleine est restée à discuter avec Georgette. Les deux copines se connaissent depuis l'école primaire et ont été surprises de se retrouver là après leur quatre-vingtième anniversaire. La conversation dérive rapidement sur la table des quatre joueurs de belote et de leurs disputes permanentes.

    – Ils ont de la patience
    – Qui ?
    – Bah les copains, si on veut, de Paul
    – Pourquoi donc tu dis ça ?

— Il faut qu'il ait toujours raison et il est très mauvais perdant !

— Là-dessus tu as raison. Mais on ne peut rien y faire

— Moi à la place des trois autres il y a longtemps que je l'aurais viré !

— Oh ! Tu y vas fort. Tu sais qu'il ne faut pas de bagarre dans la résidence

— Pour ça je suis d'accord, mais ils pourraient lui dire ses quatre vérités : qu'il est mauvais joueur, râleur, grippe-sous et puis moi j'ajouterais qu'il est moche !

— Donc sa beauté est comme ses autres qualités : ça ne vaut rien !

— Exactement ce que je voulais dire.

— Chut !!!! C'est lui qui arrive, il sort de l'ascenseur.

— T'inquiètes pas, il saura un jour ou l'autre ce que je pense. Bon. Bonne soirée à demain

— À demain et bonne nuit.

— Bonsoir mesdames. Dormez bien !

— Tu vois comment il est, un faux-jeton !

— Bon, à demain.

— Oui, oui. Bon je vais me coucher.

Dix jours plus tard, Madeleine s'est permis d'aller réprimander Paul qui n'a pas hésité à la remettre en place en la traitant de commère comme une vieille concierge. L'échange animé a fait rire les autres joueurs dans le salon. Isabelle qui a observé cette animation imprévue dans le salon a expliqué à ses voisines de jeu qu'il ne fallait pas s'en faire :

– Dans un mois, vous verrez, ils iront tous les deux se tenant par la main à la prochaine sortie. Ici, les belles rencontres commencent toujours par une bonne engueulade.

– Oh ! Tu pousses un peu !

– Vous verrez. Je mets une bonne bouteille en jeu.

Deux mois plus tard, Isabelle est arrivée au salon avec une bonne bouteille.

Comme promis, Isabelle a apporté une bonne bouteille

Le téléphone

C'est la troisième fois depuis dix-sept heures que le téléphone sonne dans la chambre 186. L'occupant des lieux, Marcel, ne réagit qu'à ce troisième appel. Il se bouge sur sa chaise, tend le bras et prend le combiné de sa main droite. Il le porte à son oreille et clame de sa voix forte de basse :

– Oui ! Allo ! Ici c'est Marcel. Qui me cause ? Parlez plus fort, j'entends rien. Allo ! J'écoute !

Par cinq ou six fois, Marcel demande qui l'appelle. Rien. Ou plutôt si, il y a quelqu'un au bout du fil mais Marcel ne l'entend pas. Quand ses amis lui parlent, c'est directement dans l'oreille en faisant un porte voix avec leurs mains. Marcel est devenu sourd mais ne veux pas l'admettre. Si le téléphone sonne, ce n'est pas la sonnerie qui lui fait tourner la tête mais les vibrations qui courent sur la table. Il les sent et décroche mais pour celui qui appelle c'est comme s'il parlait à un vide, un monde du silence.

Une fois encore Marcel se fâche, grogne et raccroche. Pourtant cet appel va avoir des suites. C'était son fils, Jean qui appelait pour avoir confirmation de la surdité de son père. Il décide de faire quelque chose pour l'aider. Il compose un numéro qu'il connaît presque par cœur et attend qu'on décroche

– Allo. Bonjour. Ici la résidence des tilleuls. Que puis-je pour vous ?

– Bonjour. Je viens d'appeler mon père, il est à la 186. Il a décroché mais il ne m'a pas parlé et j'ai entendu qu'il n'était pas content comme si quelqu'un lui faisait une farce. Je pense qu'il devient de plus en plus sourd.

– C'est ce que nous pensons aussi ici.

– Peut-on se voir pour savoir ce qu'on pourrait faire ?

– Quand vous voulez. Les prochains jours on n'a pas de rendez-vous entre quatorze heures et seize heures.

– Bien ? Je viens après-demain à quinze heures trente.

– D'accord. En plus il y aura le psychologue.

– On parle ensemble mais sans lui, on verra
après.

– Bien sûr. À après-demain, monsieur Jean.

Marcel s'est installé devant la télévision et
regarde un film d'aventures. Il est sous titré. C'est la
seule concession qu'il fait pour sa surdité : il lit !

La directrice et le psychologue ont commencé
la conversation avec Jean au sujet de son père depuis
plus de dix minutes quand ils arrivent à la conclusion simple, il faudrait un appareillage à Marcel
pour qu'il reprenne une vie presque normale mais ça
ne sera pas facile avec son caractère. Jean propose
d'aller lui rendre visite et que la directrice et le
psychologue entrent cinq minutes plus tard comme
pour une visite habituelle.

Marcel a fait un bond sur sa chaise quand son
fils est arrivé dans sa chambre. Il ne l'a pas entendu
entrer et l'a vu presque à trente centimètres de ses
yeux. Un peu hébété il lui demande

– Pourquoi n'as tu pas frappé avant d'entrer ?

– J'ai frappé

– Hein ? Quoi ? Tu me dis quoi ?

Jean se penche à côté de l'oreille de son père et lui dit d'une voix forte qu'il a bien frappé et même trois fois.

– C'est pas vrai, j'ai rien entendu !

– Oui. Mais c'est que tu n'entends plus du tout. Il te faut quelque chose pour t'aider.

– J'ai besoin de rien. Je sais tout de ce qu'il y a ici et ailleurs.

À ce moment, on frappe et Jean se lève

– Dis donc tu t'en vas sans me dire au revoir !

– Non ! On a frappé et je vais voir qui c'est.

– Quand même ! Tu aurais pu me le dire

Jean ne répond pas et va ouvrir. Marcel a suivi du regard Jean et se lève en voyant la directrice accompagnée d'un homme en costume. Celui-ci lui tend la main et le salue en hochant la tête. Marcel est surpris, lui dit bonjour et va se rasseoir. La directrice se met face à lui et demande comment il va.

– Bonjour madame, mon fils est là, vous l'avez vu entrer ?

Elle se penche à son oreille et à haute voix lui dit

– Il était là avant moi.

– Ah bon ! Mais pourquoi vous me causez comme ça dans l'oreille ?

– Si je recule vous n'entendez rien, c'est comme au téléphone

– Bah oui, il y en a qui font des farces, je décroche et personne ne parle !

– Non, les gens, souvent votre fils, vous parlent mais vous ne les entendez pas

– Non, j'entends tout bien.

– Et que vient de vous dire votre fils ?

– Il ne m'a rien dit

– Eh bien si, il a dit que vous devez porter un appareil pour entendre, vous êtes devenu sourd.

– Ah bon. Bah… apportez moi ça.

– Ça ne se fait pas comme ça, d'une pichenette. On va prendre un rendez-vous chez le spécialiste.

– Je vois bien, pourquoi aller chez l'œilliste ?

– Pas l'ophtalmo, mais chez le spécialiste de l'ouïe pour avoir un appareil.

– On va me faire une nouvelle oreille ?
– Non, on va vous équiper.
– Bon, je m'habille, on y va.
– Non, attendez, je vous dirai demain quand.
– Il faut que je m'habille en blanc.
– Non. À demain monsieur Marcel.

La directrice est repartie avec le psychologue qui lui a dit qu'elle avait sans doute réussi où lui n'y serait pas arrivé.

Deux semaines plus tard Marcel a répondu à son fils au téléphone en lui expliquant que son oreille droite était neuve mais pas la gauche et qu'il était prêt pour en acheter une.

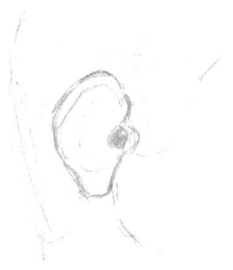

Marcel réclame une deuxième oreille neuve pour entendre

Silence, c'est maintenant !

Les portes de la grande salle sont ouvertes. Un groupe de plus de soixante personnes entre et s'installe en laissant les deux premiers rangs libres. Il y a plus de trois mois qu'ils attendent ce jour. En effet les animateurs de la résidence leur ont proposé d'assister à quelque chose d'exceptionnel pour fêter l'anniversaire de Roger : son centenaire ! Avant d'entrer les conversations ont été animées, tous savent pourquoi ils sont là mais ignorent ce qui les attend et surtout où est Roger. On leur a demandé de ne pas parler et la salle pour l'instant est plongée dans le noir.

C'est au lendemain de la fête des quatre-vingt dix neuf ans de Roger que l'idée est venue de cette fête est venue. Ses voisins de chambre, Claude et Charles depuis ce jour ont passé des après-midi à la médiathèque, ils sont les plus vaillants pour marcher et le kilomètre à parcourir ne leur a pas fait peur.

Les bibliothécaires ont plongé dans les archives pour trouver ce qui va leur servir : des livres qui content ce qui s'est passé au siècle dernier. Ils ont passé des heures à lire, à tourner des pages, à se parler, réfléchir. Au bout de six ou sept semaines, ils découvrent un livre qui n'est pas très ancien mais qui secoue leurs mémoires : il parle du patois beauceron et beaucoup de pages sont écrites avec ce langage. Ils décident de le rapporter à la résidence et demandent l'avis de leurs copines Gisèle et Marguerite.

Elles partent ensemble dans leur chambre du deuxième étage et lisent ce livre original. Le lundi suivant, après le repas, le quatuor se retrouve dans le salon autour d'un café. La conversation dure plus d'une heure. Claude se lève et va chercher la directrice qui n'est pas surprise de le voir entrer dans son bureau

— Alors Claude, ça avance votre idée ?

— Venez nous rejoindre au salon, on va vous expliquer.

— J'ai deux coups de fil à passer et j'arrive.

— D'accord on vous attend.

Ils sont désormais cinq autour de la table au fond du salon. L'idée des quatre est de monter une pièce de théâtre retraçant la vie de Roger. Il a vécu dans sa ferme jusqu'à son quatre-vingt cinquième anniversaire. Le livre qu'ils ont épluché tour à tour est un recueil des écrits d'un personnage du Loiret qui avait une rubrique en patois dans le journal la République du Centre retraçant la vie rurale. Ils proposent à la directrice de le lire rapidement et de choisir des portraits qui sont proches de Roger. Claude et Charles ont remarqué que souvent, dans ses conversations, Roger avait des mots étranges qu'ils ont retrouvés dans le livre. Deux jours suffisent à la directrice pour avaler les trois cents pages de l'œuvre d'André Gilbert. Elle a pris des notes mais rien de définitif. Elle propose au quatuor de se retrouver au salon après le repas de midi jeudi prochain.

Le livre est posé au milieu de la table. La directrice, arrivée la première, a posé face à chaque chaise deux feuilles de papier blanc. La porte du salon s'ouvre tirée par Claude. Il la maintient pour laisser passer ses acolytes qui se dirigent lentement vers leur directrice qui les saluent un par un. Marguerite s'interroge des feuilles de papier à leurs places.

— Je voudrais savoir comment vous aller utiliser les textes de ce livre.

— Pour moi, annonce Claude, il faut un conteur qui raconte l'histoire d'un homme de la terre.

— Oui, je devine. Mais ce n'est pas suffisant.

— En face de lui comme des fantômes qui vont lire les textes.

— Quels textes ? demande Gisèle.

— Ils racontent les personnages de la campagne.

— Oui et alors ?

— C'est maintenant que nous allons travailler.

— Alors on s'y met. Gisèle, tu chercheras les femmes, Marguerite les histoires drôles. Avec Charles on va réfléchir sur la façon qu'on fera.

— Vous avez tout compris. Je vous donne mon accord, je sais que vous allez bien faire . Vous me tiendrez au courant

Ce midi, Claude est attablé avec Charles et la conversation est animée. Entre le fromage et le dessert, il se lève et va voir les deux copines qui mangent à l'autre bout de la salle. Elles approuvent d'un hochement de tête à la proposition de Claude qui en se tournant faire un petit geste, pouce en l'air, vers Charles.

On frappe à la porte de sa chambre cinq minutes avant trois heures. Gisèle et Marguerite entrent et font même la bise aux deux copains. Elles s'installent assises sur le bord du lit, Charles prend une chaise et Claude reste pour l'instant debout. Il leur propose de choisir les passages pour construire la pièce de théâtre, ou plutôt la suite de petites saynètes.

– On pourrait commencer par des mots sur les bergers, Roger connaît certainement ça. Ensuite le faucheur à la moisson puis passer sur la vie : décrire la maison et les pièces. Je pense aussi à la chasse, le tue-cochon puis finir avec la fête de Noël. J'ai fait des repères dans le livre. On va lire un peu et on va voir ce que ça donne.

– Tu as raison Claude, reprend aussitôt Gisèle. Donne moi le livre, je commence à lire. Je ne prends pas tout, juste des phrases.

– D'accord on t'écoute

« Les barbies vont aux champs sur les seigles et les vésses, la veille l'mait' Raoul y avé été m'né avec la maringotte les cla, les ch'villes, les crosses et les casses ; l'matin, çavé été la cabane et la tonne, donc là y partint ; tu parles si Dédée et Madeleine y rangint leur bouquet sur la f 'nète, on rigole hein la mé… L'pé Baron, dérière avec son parapluie blu, et ça a yallé, y fésé attention d'pas les mète sur une jeune luzarne pour pas les empansé, car là, fallé qui leu parce la panse avec l'alane de son coutio pour pas qui crève…. L'soir, Marcelle a porté l'mangé avé l'bissa, l'bassin et l'bouère avec le jégneu. Y rentrint pas avant les blés… »

– C'est bien Gisèle. Qui prend la suite ?

– Moi ! dit Marguerite, je vais parler de la moisson.

« L'faucheu y s'balaner de drèt et d'gauche, l'bras tendu tenant sa fiau, ell'emportait une jarbée à chaque coup, la couchant su'l'côté. Dis Roger, quand t'avais dix ans, tu as du prendre la gran'faucille pour faire eun'botte et puis les mett' en tério : en croix qinze ou dixneuf bottes puis six dessus !

Ça c'té po'l'blé, y avait aussi l'avouène et l'orge. »

– Moi j'prend la suite annonce Claude

« Après la mouesson, on m'nait au fian. Les charquier chargeaient le tombero que l'mèt' charquier menait. Y f'sait des tas en l'vidant avec l'quéroué, tu parles si y l'aligné et pi les fésé tous pareils !. Pis faut que j'vous parle d'la toilette à la maison. Pour le nettoyage dé gens, y avé pas grand chouse. On n'avé pouint c'qu'y a à présent. L'été lé grands y lavint le haut dans l'bassin au ch'vo; pour le bas, comme y pouvint dans un coin. Lé p'tits on lé lavé debout dans eun'bassine près de la cheminée. Y gardint leu'ch'mise pour lavé l'bas et la culott' pour le haut. Pour lé autres tout l'monde s'caché d'l'autre. Pour lé vouatères, comme y disent à présent, c'été mieux car y l'étint plus grands. Dans l'été, cuté entre deux vaches quanqui fésé fré, une poignée d'paille pour se torcher. Au travail au couin d'un champ, pour l'essuyag' une pognier d'friche, une feuille et plein d'air pur. C'est ça la vraie nature, pas d'chass'd'io, pas de déodorisant, pas d'papier d'soué. C'est là qu'on r'connait lé écologistes ! »

Charles reprend la parole alors que tous les quatre rient aux éclats d'entendre tous ces mots

– Bon les amis je crois que c'est bien comme ça. On va demander à la directrice si elle n'a pas dans ses connaissances un ou deux musiciens pour compléter notre spectacle. Il lui faut une belle fête à Roger, c'est tout de même cent ans !

Il y a deux semaines que tout est au point et les comédiens amateurs sont maintenant dans les coulisses. A travers le rideau ils regardent la salle plongée dans le noir. Ils devinent tous les résidents installés avec des amis. Le téléphone de Charles sonne pour un message. Il le lit et annonce à ses amis de se préparer, Roger va entrer dans la salle. Soutenu par sa fille et la directrice il arrive à petits pas et s'assoit où on lui indique. Il est intrigué d'être dans le noir et demande à sa fille ce qui se passe qui lui dit simplement que des amis vont arriver.

Une voix s'élève de la scène derrière le rideau :

« Mes amis, c'est aujourd'hui un grand jour. Quelqu'un est assis au premier rang, et c'est normal, il est à l'honneur. Mes amis nous allons fêter Roger !

À ce moment précis, les lumières de la salle se rallument, les résidents se lèvent et applaudissent leur centenaire qui se retourne surpris de ce charivari qui émerge du noir.

Un air d'accordéon se fait entendre sur le devant de la scène et tous entonnent la chanson « Bon anniversaire Roger…. «

— Moi, mais pourquoi ? demande-t-il à la directrice

— Tu le sais bien Roger, c'est ton anniversaire et un grand anniversaire !

— Oui, un de plus

— Oui mais avec trois chiffres !

— Je ne compte plus depuis que je suis avec vous. Bon je regarde.

Le spectacle des quatre résidents a fait rire la salle avec des pauses musicales par l'accordéoniste qui a joué les airs d'il y a plus de cinquante ans.

Roger a essuyé une larme plusieurs fois et a réussi à souffler l'énorme bougie sur le gâteau à étage qui a été partagé avec tout le monde.

Une pièce de théâtre pour les 100 ans de Roger

Rencontres dans le couloir

Il y a quelque fois des moments de rencontres entre les résidents ou leurs familles. En voici trois qui illustrent la vie dans un lieu de vie que je connais. Bien entendu ces "aventures" sont fictives.

I

-- Bonbon bonjour Gilgilbert, ça va va ?

-- Tu dis quoi toi le beau parleur ?

-- Jejeje te demamande sisi ça vava

-- J'ai pas compris ce que tu dis ! Parle plus fort; j'ai pas mon sonotone

-- Tu tu pou pouvais pas pas le le dire avant ! Au au revoirvoir.

Le bègue retourne dans son studio et en revient avec un bloc note et un stylo. Gilbert est toujours là. Le bègue pose sa question par écrit et montre la feuille à Gilbert qui lui dis aussitôt :
-- Bah tu n'es plus bègue, tu es muet maintenant ! C'est les autres qui vont être contents ! y en marre d'attendre un quart d'heure pour trois mots avec toi !

II

On frappe à la porte du studio du fond à droite. Mamie Germaine baisse le son de la télé et vient voir qui lui rend visite. Il n'y a plus personne dans le couloir mais un sac en papier a été déposé. Elle le prend, rentre et va le poser sur la table.

Un simple paquet enveloppé dans du papier journal est au fond du sac. Elle le prend dans ses mains et le secoue : pas un bruit. Elle déplie le papier journal et pousse un petit cri de surprise. On toque alors à la porte, plusieurs coups rapprochés. Mamie sans faire de bruit va ouvrir et cette fois-ci elle pousse un grand cri : trois personnes habillées en clown sont là et d'un seul coup se mettent à chanter "Bon anniversaire Germaine". Ses amis ne l'avaient pas oubliée.

III

Ce matin là, la directrice ne comprend pas ce qui a pu se passer cette nuit dans la résidence. Dès son arrivée, le personnel lui a expliqué que dans les couloirs des affiches ont été collées sur le portes des studios et personne n'a compris leur signification.

Avec la secrétaire elle détache toutes ces affiches et les posent sur son bureau. Elle remarque que les numéros des portes sont inscrites au dos de toutes. Elle décide de les mettre en pile en respectant l'ordre des chiffres. En examinant de près chaque affiche la directrice découvre au dessus des dessins étranges en couleur une lettre. Une feuille blanche, un stylo et elle aligne ces lettres. Le tout forme une phrase qu'elle lit plusieurs fois en riant :

"soyez sérieux, même le premier avril, le virus couronné ne doit pas pénétrer ici"

"Vous pouvez vérifier il y a bien une lettre par porte de logement plus celle de la directrice !"

Encore une petite nouvelle...

Le secret des lettres anonymes

-- Bonjour monsieur Petit. vous m'avez appelé pour des travaux ,

-- Bonjour. Je vous demande de me suivre que je vous montre les travaux que je veux vous confier. C'est par là, nous allons voir à l'arrière du bâtiment principal.

-- Je connais un peu votre propriété. Elle doit avoir pas mal d'années et elle semble encore bien solide.

-- Oui. Vous la connaissez comment ?

-- J'ai passé quelques vacances d'été chez ma grand-mère au village avant mes dix ans et avec des copains on est venu une ou deux fois dans la propriété en passant sous la haie vers le potager, ou tout du moins celui qu'il y avait à l'époque, ça fait plus de trente ans !

-- Je vois, c'était comme ça dans les campagnes. Bon ! Selon les papiers retrouvés dans les archives et chez le notaire, sa construction serait de l'époque de la révolution à la fin du dix-huitième siècle. On arrive, c'est là que j'ai mes projets.

-- Et c'est quoi ?

-- Aménager dans les écuries et les autres espaces libres des pièces habitables pour créer des chambres d'hôtes. Tenez voilà la première écurie.

Claude Petit s'arrête devant les grandes portes qui sont entr'ouvertes. Il recule de deux mètres et ausculte du regard ce qu'il a devant lui : des portes de presque trois mètres de haut. Elles semblent construites en chêne. les ferrures sont de véritables ouvrages de ferronnerie. Il tourne la tête à droite et à gauche. Après quelques instants immobile, il se tourne vers le propriétaire des lieux et lui demande :

-- Avez vous pris conseil auprès d'un architecte pour votre projet ?

-- Non. J'ai mes idées et je connais votre réputation de sérieux. Donc, on entre et je vous explique ce que je désire.

-- Je vous suis.

Les deux hommes entrent dans la vaste pièce de plus de quarante mètres-carrés et haute de plus de trois mètres cinquante. Presque une chapelle. Le propriétaire va jusqu'au centre et se tourne vers le maçon :

-- Voila l'exemple de ce qu'il y a comme emplacements pour aménager en chambre d'hôtes. Je pense qu'il y a la place pour créer un coin pour une salle d'eau et un autre pour un genre de cuisine. Il faut réfléchir dans ce sens là.

-- Il y a effectivement la surface pour tout ça. Ce qui m'inquiète n'est pas l'aménagement par lui-même mais tous les réseaux. Il faudra de l'électricité, l'eau, du chauffage et surtout le traitement des eaux usées. Avez vous pensé à tout ces gros détails ?

-- Je sais qu'il faut des choses mais je suis ignorant de ce qu'il y a à faire.

-- Je vous propose de mettre sur papier les travaux à envisager avec une estimation qui ne sera qu'approximative, il y aura les démarches administratives à faire avant de commencer.

-- Et ça va durer combien de temps ces démarches ?

-- De deux semaines à plusieurs mois. C'est l'administration qui travaille et qui décide.

-- Et les travaux ?

-- Plusieurs mois. Ça dépendra du nombre de chambres et de ce qui sera obligé pour les réseaux. Même si on est à la campagne,on ne peut pas faire ce qu'on veut !

-- Dans combien de temps votre liste des travaux ?

-- Pas avant dix jours. Mais pour le préparer, indiquez moi jusqu'où vous avez prévu vos aménagements.

-- Bon. Donc, toute cette partie sur ce grand bâtiment. Il y a huit écuries. En face ce sera plus : une dizaine.

-- Ce n'est pas un aménagement de chambres d'hôtes, c'est un véritable hôtel que vous allez réaliser !

-- Ah bon ! Je ne croyais pas à ça comme ça !

-- Pouvez vous me laisser faire le tour de tout ça que je prenne des notes pour préparer ce que je vais vous envoyer. J'en ai au moins pour une heure. Il faut que je retourne à la camionnette prendre une échelle. Je dois regarder un peu partout.

-- Allez-y, prenez votre temps. Je retourne au bureau.

-- Merci. À tout à l'heure.

Claude refait le tour du grand bâtiment et détache son échelle double de la galerie. Il la met sur l'épaule et retourne dans l'écurie dont les grandes portes sont restées ouvertes. Il n'a pas oublié en même temps la grosse lampe électrique. Il entre et balade le faisceau lumineux sur tous les murs et le plafond. Il avance et observe avec attention dans un angle : une planche est fixée en travers de plusieurs solives. Il est surpris de ne pas y voir de nids d'hirondelles derrière la masse de toiles d'araignées, les fermiers leur mettant ce dispositif pour les aider et les accueillir : elles sont signe de bonheur pour tous dans la maison. Il dresse l'échelle pour voir de plus près et grimpe. En montant les échelons, il regarde de tous côtés, se concentre sur les solives qui soutiennent un plancher fait de planches brutes. Tout cet ensemble est en bon état. Arrivé en haut il éclaire la planche, tend la main pour débarrasser les toiles d'araignées et remonte encore un dernier échelon pour voir. Il pousse un Hoo! en voyant une boite de bois vernis couverte de poussières avec un fermoir qui semble en cuivre. Elle fait une trentaine de centimètres de côté et la moitié d'épaisseur. Il tend la main et l'attrape. Elle n'est pas très lourde. Il la secoue et écoute : il y a quelque chose à l'intérieur. Il descend et se rapproche de la porte en tournant et retournant la boite. Arrivé au jour, il regarde la fermeture qui n'est qu'un simple loquet à bascule qu'il s'empresse de manœuvrer. Il soulève le couvercle et voit un paquet d'enveloppes bleues tenues par un ruban vert. Il prend le paquet et pose la boite au sol. Il défait le ruban et commence à regarder une à une les enveloppes qui portent toutes une adresse complète avec le nom et le prénom d'une femme. En quelques secondes il réagit que ce nom et ce prénom ne lui sont pas inconnus, c'est celui d'une gamine qu'il avait bien connue quand il venait dans ces murs pour jouer pendant les vacances du temps de l'école primaire. Il décide de mettre le paquet dans sa poche et il reprend sa visite des lieux. Une heure plus tard, Claude Petit a rempli six pages sur son cahier où il note tous ses relevés pour faire les devis. Il remet en place l'échelle sur la galerie de sa camionnette sans oublier de poser la boite dans sa caisse à outils. Il pose la main sur le paquet d'enveloppes au fond de sa veste, esquisse un sourire puis retourne voir le propriétaire du domaine pour lui annoncer que ce sera un très gros chantier et qu'il aura une liste des travaux avec une estimation très approximative surtout pour les réseaux.

Claude, après vingt cinq minutes de route, est de retour à son entreprise : une cour, un hangar et un bungalow qui est le bureau. Sa maison d'habitation est à une centaine de mètres. Il travaille avec deux compagnons et un arpette. Il ouvre la porte du bureau et va s'installer à son bureau. Il sort le cahier de relevé et le paquet d'enveloppes. Il retourne à la camionnette pour revenir avec la boite. Le cahier est posé sur le côté devant l'ordinateur, la boite dessus. Claude prend les enveloppes, les compte puis les prend une par une. Il est surpris dès qu'il tourne la première devant ses yeux : elle n'est pas décachetée et il sens entre ses doigts quelque chose à l'intérieur. Il la repose et les regarde toutes. Pas une ne semble avoir été ouverte. Si le nom de la destinataire est bien rédigée, il n'y a pas d'adresse ou de repère indiquant un expéditeur. Claude retourne au moins cinq fois la première enveloppe qu'il a prise entre ses doigts, la rapproche de ses yeux puis la met à plat devant lui, le dos dessus. Il ouvre le tiroir du bureau et prend le coupe papier pour l'ouvrir. Il le glisse entre les deux épaisseurs puis s'immobilise. Au bout de quelques secondes, il prend son portable et fait un numéro. Une voix féminine lui répond, c'est Geneviève, son épouse.

-- Oh mon chéri ! Que se passe-t-il pour que tu m'appelles maintenant ? Il n'y a rien de grave j'espère.

-- Non. Tout va bien. J'ai commencé quelque chose qui n'est pas dans mon travail. Et je ne sais pas si je dois continuer. As-tu la possibilité de venir maintenant au bureau ? Ce ne sera pas long, mais j'aimerais que tu sois là.

-- Oh oui ! je n'ai pas commencé à faire à manger? C'est bon, j'arrive.

Cinq minutes plus tard, Geneviève ouvre la porte du bureau, Claude se lève et l'embrasse rapidement.

-- Alors c'est quoi ton quelque chose ?

-- Regarde sur le bureau : une boite avec un paquet d'enveloppes

-- Oui je vois et elles viennent d'où ?

-- Je les ai trouvées au château quand j'ai fait mon relevé. Le propriétaire est complètement à côté de la plaque. Il veut me confier une transformation de toutes ses écuries en chambres d'hôtes et il en prévoit plus de quinze !

-- Et ces enveloppes ?

-- Ah oui ! Bon, je t'explique. Une planchette entre deux solives m'a attiré le regard et il y avait cette boite enfouie dans les toiles d'araignées. Bon. Arrivé ici j'ai regardé de plus près. La boite est pleine d'enveloppes qui sont toutes prêtes à être mise à la poste, il suffit d'y mettre un timbre.

-- Et tu veux que j'aille chercher des timbres ?

-- Non. Ce qui m'a surpris c'est la personne à qui elles sont adressées, ce nom et ce prénom ce sont ceux d'une fille que j'ai connue quand je venais ici en vacances quand j'avais une dizaine d'années.

-- Et c'est toi qui les a écrites ?

-- Non. Mais j'ai peur de les ouvrir. En plus elles sont encore cachetées.

-- Donnes moi ça ! et ton coupe papier !

Geneviève prend une enveloppe et glisse la lame et coupe, elle écarte les deux épaisseurs . Elle regarde et saisit une feuille de papier quadrillé, une feuille qui semble avoir été arrachée à un cahier. Claude tente de la prendre mais Geneviève s'est tournée et commence à lire. Elle bouge la tête de gauche à droite, de haut en bas, fait entendre comme un rire. En moins d'une minute elle a fini sa lecture, retourne vers Claude et lui tend la feuille qui n'est écrite que d'un côté. Il la pose sur le bureau et voit une écriture ronde un peu hésitante faite à l'encre violette avec une ou deux taches.

-- C'est un gamin qui a écrit ça, sans doute avec une plume Sergent Major ! Et c'est une véritable déclaration qu'il a écrite.

-- Claude, jamais tu ne m'as écrit une pareille lettre ! Et puis dis-donc à lire, il a l'air vraiment amoureux l'auteur de ces lignes. Malheureusement elles ne sont pas signées. Donnes moi une autre enveloppe voir ce qu'il a écrit et si c'est pareil.

La découverte de la quinzaine d'enveloppe et de leur contenu dure presque trois quarts d'heure, chacun commentant à son tour les mots et les sentiments qui apparaissent au fil des lignes. Si la destinataire de ces lignes est bien cernée tant par le nom sur les enveloppes que par le prénom cité plusieurs fois, l'auteur de ne se dévoile pas. Geneviève se lance alors dans un interrogatoire de son mari sur cette fille qui a peut-être été très proche de son mari à cette époque. Claude se creuse la mémoire : revenir plus de trente ans en arrière n'est pas facile comme ça tout de suite. Il propose à son épouse de tout ramener à la maison et qu'il va y réfléchir.

Maintenant cette lecture l'a troublé et il verra les devis un autre jour...

Depuis quatre jours, Claude pense toujours à ces déclarations d'amour d'un jeune écolier à une écolière dont le prénom de Bernadette lui rappelle quand même quelque chose. Autre mystère, c'est que

141

toutes ces enveloppes n'ont pas été envoyées. Son enfance, même s'il a connu ce château pendant les vacances d'été, s'est déroulée à une trentaine de kilomètres de sa maison actuelle et il cherche au plus profond de sa mémoire pour retrouver une image de cette écolière qui, selon les écrits, était aguichante et très belle. Il cherche aussi qui pouvait avoir écrit ces lettres. Dans sa mémoire, il y avait deux familles au service du châtelain à l'époque : une pour la ferme et l'autre pour l'entretien et la cuisine. Il propose à Geneviève de se rendre au village samedi prochain et de voir au bistrot-épicerie, seul commerce qui reste, si des anciens pourraient le renseigner tant sur Bernadette que sur l'amoureux et sur les châtelains de cette période.

Samedi, il est dix-sept heures trente quand Geneviève voit la camionnette entrer dans la cour de la maison. Elle regarde son mari descendre. Il a un sourire de satisfaction, sans doute que son voyage de trois heures au village lui aura apporté un début de solution à l'énigme des enveloppes. Claude tient à la main une enveloppe et dès son entrée la tend vers son épouse

-- J'ai vu Bernadette !

-- Quoi ! En si peu de temps tu as terminé ton enquête ?

-- Oui et j'ai une partie de cette histoire !

-- Alors tu as trouvé quoi ?

-- Ça va être long à te raconter. As-tu du café ?

-- Oui, Allez, installe toi dans le canapé, je te sers et me mets dans le fauteuil.

-- Bon. je te raconte ma visite au village. Un bistrot épicerie qui fait face à l'église. La mairie est à quelques mètres dans la rue principale.

-- Tu fais le guide touristique ou quoi?

-- Non. Mais c'est pour que tu comprennes que c'est un endroit où tout le monde voit tout ce qui se passe sans avoir besoin de sortir dans la rue. Il n'y a pas plus de trente maisons dans ce village.

-- Et tu as sonné aux portes ?

-- Non. Je suis entré dans la boutique et me suis accoudé au comptoir de la partie bar et j'ai commandé un café.

-- Parce qu'il y avait quelqu'un qui attendait ta commande ?

-- Non. Une femme encaissait les achats d'une grand-mère et m'a demandé ce que je voulais.

Elle est passée dans une pièce à l'arrière de la boutique pour préparer mon café. Il n'y a pas de machine visible. Deux minutes plus tard elle revient avec un tasse fumante sur un plateau et la pose devant moi. Je la dévisage en lui disant bonjour, que je n'avais pas eu le temps de dire;

-- Quand on est poli, on dit bonjour en entrant dans les magasins.

-- Elle m'a répondu en me demandant si je cherchais quelque chose ou quelqu'un.

-- Et tu lui as dit quoi ?

-- Je lui ai dit que, pour une raison étrange, je cherchais une femme qui serait allée jouer au château pendant les grandes vacances il y a plus de vingt cinq ans.. Elle m'a répondu qu'elle avait été à l'école dans le village.

-- Un peu d'émotion pour toi alors ?

-- Oui. Je lui ai demandé si elle avait connu une fille blonde prénommée Bernadette. Elle a fait un pas en arrière en ayant un regard inquiet. Comme apeurée. Elle m'a demandé ce que je voulais à cette Bernadette.

--Et tu lui as déballé ton histoire des lettres du petit garçon amoureux !

-- Non. J'ai surtout eu du mal à la rassurer que je n'était pas de la police et qu'il n'y avait rien à craindre. Rapidement je lui ai expliqué la découverte d'un petit trésor, des lettres adressés à cette petite fille et que je voudrais lui donner. Je l'ai surtout rassurée que je n'étais qu'un ouvrier qui a fait une découverte.

-- Elle a cru toutes tes sornettes ?

-- Elle s'est rapprochée du comptoir du bar, elle a posé ses mains dessus et en me fixant dans les yeux elle me dit : je m'appelle Bernadette. Je me suis mis à trembler et j'ai eu du mal pour dire : Vous ! vous êtes Bernadette !!

-- C'est tout ?

-- Non. Pendant un quart d'heure je lui ai raconté la découverte et mes souvenirs de vacances. Elle n'a pas voulu me parler de celui qui lui aurait écrit ces lettres non postées. On a rendez-vous demain en début d'après-midi pour lui donner.

-- Avec moi ?

-- Oui.

-- Demain matin tu te débrouilles pour trouver un bouquet de fleurs, on ne pourra pas venir les mains vides.

-- D'accord. J'irais. Au fait, mon café est froid. je n'ai pas pensé à le boire en te racontant tout ça. Laisse, je le bois comme ça.

Claude revient à onze trente avec une splendide présentation de fleurs qu'il porte dans les bras. Geneviève lui ouvre la porte et l'aide pour la poser dans l'entrée. Elle le complimente pour le volume et la beauté de ce qui est plus qu'un beau bouquet. Ils passent rapidement à table et se mettent en habit de sortie pour aller à la rencontre de Bernadette. Geneviève est nerveuse, elle n'a pas réussi à savoir ce qui avait pu se passer entre son Claude et cette Bernadette pendant les grandes vacances il y a si longtemps. Elle n'est pas jalouse, une amourette entre gamins de dix ans à peine n'est en aucun cas comparable à leur vie ensemble actuellement. Il est tout juste treize heures trente quand ils quittent leur maison pour rejoindre le village et le bistrot épicerie. Claude stationne la camionnette en face du commerce où Bernadette est en train de poser les volets annonçant la fermeture hebdomadaire. Elle tourne la tête en entendant les portières claquer, elle écarquille les yeux en voyant les bras de Geneviève tenant la présentation fleurie. Claude et Geneviève s'approchent et, devant eux, Bernadette ouvre la porte qu'elle referme avec un tour de clef dès qu'ils sont à l'intérieur. Geneviève tend les fleurs et les pose sur une table au milieu du commerce. Les trois sont nerveux et l'émotion les gagnent. Bernadette les invite à s'asseoir à une table et s'installe en face. Claude est arrivée avec un sac de supermarché à la main. Il le pose sur la table, glisse la main à l'intérieur et sort le petit coffret de bois verni. Il le tend à Bernadette qui hésite, le regarde au bout de son bras, le tourne et le retourne puis se décide à l'ouvrir. Ses mains tremblent en prenant le paquet d'enveloppes, elle a des difficultés à défaire le nœud du ruban.

-- Vous les avez ouvertes ?

-- Oui. Sinon je ne serais pas ici. J'ai remis chaque feuille dans son enveloppe et tout est remis dans l'ordre. Ton émotion hier semble bien indiquer que tu es la destinataire de ces lettres. Nous te laissons découvrir.

Claude et Geneviève se tiennent par la main et presque paralysés regardent Bernadette qui de son côté est toute tremblante, une larme semble perler au coin de l'œil. Le silence s'installe.

Pendant vingt minutes, Bernadette ouvre et lit les lettres. Elle est prise par moment de sursauts sur sa chaise. D'un coup elle s'écroule en pleurs sur la table en jetant d'un geste nerveux la lettre qu'elle avait en main. Geneviève se lève et vient l'entourer de ses bras sur les épaules. Claude reste muet plusieurs minutes avant de se rapprocher à son tour et de ramasser la lettre qu'il redonne à Bernadette. Elle se lève en écartant les bras de Geneviève et étreint Claude en lui criant presque merci accompagné de sanglots. Geneviève regarde sans rien dire.

Bernadette se rassoit et prend toutes les lettres, les remet dans les enveloppes puis les renferme dans le petit coffret. Elle s'essuie les yeux, regarde alternativement Claude et Geneviève puis leur dit :

-- Vous avez trouvé quelque chose qui est toujours au fond de moi. Une amourette qui aurait dû devenir plus grand.

-- Mais il n'a jamais signé ses lettres, ses déclarations. Au fait qui c'est ?

-- C'est mon secret. Merci de m'avoir remis ce coffret.

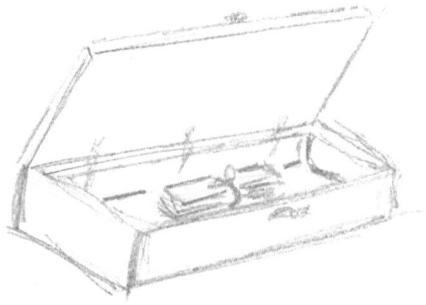

Les déclarations d'amour sont arrivées à leur destinataire

Un petit conte de Noël...

Bernard le lutin perdu ...

Le traîneau a rejoint le grand nord avec son conducteur tout de rouge vêtu. Les rennes sont heureux de retrouver leur territoire enneigé et leur étable bien confortable. Il y a pourtant un absent, Bernard, le lutin muet, a oublié de prendre sa place au fond du véhicule fantastique : il est resté parmi nous et découvre notre vie dans cette ville au bord du Loir.

Ce soir Bernard se glisse dans les rues en longeant les murs et les trottoirs pavés. Il est attiré par un bruit de musique, des lumières qui scintillent et des rires d'humains. D'un coup il croit revenir dans son pays : des patineurs tournent sur la glace sous les projecteurs. Des odeurs tentatrices de vin chaud et de crêpes guident parents et enfants : c'est la fête ! Bernard regarde tout ça sans se faire remarquer : en plus d'être muet il est invisible pour la plupart des gens. Il continue à errer dans le centre ville et d'un coup il s'arrête. Il a senti que l'homme qui arrive face à lui a un pouvoir qu'il n'a pas. Après avoir hésité il fait apparaître sa main droite qui, toute seule dans les airs, agite les doigts. Le résultat espéré se produit, l'homme s'immobilise et fixe cette main étrange qui se promène sans être au bout d'un bras. Un souffle à son oreille et Bernard lui parle :

-- Vous savez écrire pour vos semblables monsieur. Puis-je vous donner deux petits textes d'actualité ?

L'homme est comme paralysé en entendant cette voix douce qui murmure de façon étrange.

-- Qui êtes-vous ? Et que voulez-vous de moi ?
-- Je suis un lutin du Père Noël qui veux transmettre un petit message de bonheur aux gens de cette ville où je suis arrivé par hasard. Mes pouvoirs me confirment que vous pouvez le faire.

-- Pourquoi pas ? On fait comment ?

-- Tout simplement écoutez. Et ce que je vais vous dire va rester dans votre mémoire.

L'homme s'appuie sur le mur de la maison qui fait l'angle avec la grande rue et ne bouge plus. Cinq minutes plus tard, il rentre chez lui, il est tremblant et a du mal à se remettre de ce qu'il vient de vivre. Il a en tête ce que cette voix lui a dit. Il décide d'écrire ce que cette main étrange lui a dicté.

Tout d'abord un menu spécial :

Menu pour une bonne année :
De belles coupes de sourires,
Quelques éclats de rire,
Une grande cuillerée de gentillesse,
Une pincée d'affection,
Des poignées d'or et d'argent,
Un maximum de réussite.
Saupoudrez de gaieté,
Faites mijoter avec douceur,
Servez joyeusement !

Il a aussi dit :

> Saint Roger et Saint Sylvestre vont fermer cette année.
> Nous nous souhaiterons plein de bonne chose.
> N'oubliez pas que 2020 est particulier pour ceux qui s'aiment,
> Il y aura un jour de plus pour se dire "Je t'aime"
> Deux semaines après la Saint Valentin
> Il y a le 29 février !

> Bonne année 2020 à tous.

Vous êtes autorisés a déclamer ce poème pour 2021 en modifiant bien sûr la dernière strophe.

Joyeuses fêtes et bonne année !!!

Quelques poèmes sur la vie de tous les jours

À l'angle de ma rue...

Bizarre ce nombre de chaises dans ce bar,
Treize ! Et quelques tabourets au comptoir.
Bizarres toutes ces machines.
Elles mangent les euros des clients
Ils y gagnent un petit bout de papier.
Et ils espèrent gagner !

Un couple, un autre couple,
Un portugais, un polonais
Un vieux qui attend le coup de fil de sa mère,
Un soi-disant expert en antiquités,
Un braillard fait sa politique,
Un cycliste commente le foot.
Un silencieux gratte ses jeux dans un coin,
Une gueule d'empeigne braille à qui mieux-
mieux.
C'est la vie dans cet angle de rue.

Black, blanc, beur c'était l'équipe de France,
Blond, brun, cheveux blancs
Ce sont les clients de Christian.
Un rouge, un rosé, un demi, un café,
Du tabac, des cigarettes, un morpion,
Des chiffres pour un loto. Ça c'est la vie
C'est la vie du café du coin.

Beautés

Oh ! Tu as vu cette courbe régulière !
Oui elle est presque parfait
Elle donne envie de la caresser !
Tu crois, moi je n'oserais pas.

Et celle-ci, juste à côté, la plus haute
Oui en effet, elle est plus rebondie.
Ce qui me trouble ce sont ces reflets
Quels reflets ? En haut, regarde.

Oui c'est bien ça, c'est étrange,
Je n'ai rien vu de si beau.
Et cette pointe qui dépasse !
C'est le summum de la beauté !

Moi, tu vois, je préfère en fin de compte
Ces deux là, en bas à gauche,
Bien rondes, légèrement granuleuses
Et cette couleur soutenue, quel régal !

Et tu as vu cette présentation,
Toutes en pleine vue de tous,
Entourées de brin de verdure
Exposées en plein soleil.

Les louanges continuent de leur part,
Les deux admirateurs se regardent
« Quelles sont belles, on les aiment »
Ces beautés ne sont pas des femmes

Ce n'est qu'une corbeille de fruits !

En attendant le printemps...

Une étrange invitation m'est parvenue pour un
rendez-vous dans un trésor,
Un trésor de pierre et de verdure. Un petit
château ceint de hautes futaies.
Pourquoi donc aller à cet endroit si coquet,
Qu'y a-t-il donc à y trouver ?
Quelle sera donc la surprise de ce lieu ? je me
décide à y aller.

Après quelques kilomètres, je quitte le ruban
de bitume rectiligne,
Maintenant j'enroule les courbes et descentes,
la vitesse baisse,
Un hameau, un pont, des arbres... Des
maisons, une rivière.

D'un coup, la route est presque un chemin, enserré entre les champs.

Un virage, un deuxième, des arbres, un mur de pierre, un portail en fer...

Je descends de voiture. je pars à pied et franchis le portail.

Une allée serpente entre les arbres. La verdure est présente partout.

D'un coup je comprend cette invitation ! Je suis dans un paradis,

Des fleurs par milliers poussent partout, dans les allées et les sous-bois.

Je ne suis pas seul, des familles, des enfants se promènent,

Ils cherchent dans les allées du château des jonquilles,

Ils cherchent et choisissent les plus belles fleurs jaunes,

Ils se font le plus beau des bouquets de printemps.

Ils repartent heureux avec leur cueillette, les mains pleines.

D'un coup ils sont face au sourire de Mathilde qui les salue.

Un sourire, des fleurs, le soleil, la nature, un petit geste avant de partir,

Un petit geste pour celles qui souffrent loin de ce paradis.

Que ce plaisir au petit château de la Brosse vous laisse plein de souvenirs,

Plein de bonheur. Pensez à vous mais surtout aux autres.

Dites vous qu'une fleur est le début de la vie,

De la vie sur terre avec l'espoir que tout le monde s'aime.

En ce début d'année 2020....

Une catastrophe sanitaire arrive...

Ils appellent ça une pandémie !!!

Quelques coups de gueule ou des rêves en poésie

COVID 19

Chercher un coin calme pour récupérer,
Ou pour essayer de comprendre pourquoi,
Refuser de ne pas serrer les mains et faire la bise
Ouvrirait les portes d'une contagion énorme,
Nationale et même chez notre voisin !
Attention, respectez ces consignes,
Voyez autour de vous, dans la rue,
Il faut faire cet effort très simple,
Ranger ses convictions et habitudes,
Unir notre solidarité face à cette invasion
Sinon, sans doute nous pleurerons demain.

CONFINÉS par
le CORONAVIRUS

C'est annoncé, il faut rester chez soi.

COurage, ça ne durera pas éternellement.

CONs : définition de ceux qui n'y croient pas.

CONF. Abréviation de conférence pour nous expliquer.

CONFIs : c'est le cerveau de ceux de la troisième ligne.

CONFIN : au pluriel les limites de la pensée.

CONFINÉ : le sort de nous tous à cause d'une couronne.

CONFINÉS : Les rues doivent être désertes...

Pour se protéger du :

C : troisième lettre de l'alphabet.

CO : oxyde de carbone

COR : ça fait mal au pied

CORO : phonétiquement une splendeur des mers

CORON : habitat des mineurs de fond.

CORONA : plaisir de Jacquot

CORONAV : sa sœur avec un v

CORONAVI : avis dans les corons pour confiner

CORONAVIR : en inversant une rame de pierre

CORONAVIRU : en anagramme la rame qui n'est pas longue

CORONAVIRUS : bestiole couronnée qui Emm... tout le monde.

Beaucoup de gens ont fait n'importe quoi pendant cette période difficile...J'ai eu envie de leur crier :

Restez chez vous !

Réécoutez donc pour la énième fois ce message !
Écoutez le bien, question de vivre ou de mourir.
Suivez bien les conseils qu'il diffuse, ils sont sages.
Tout est clair, il ne faut pas en rire,
Et selon ce qu'ils disent ça va durer !
Zut ! Écoutez, ils en remettent encore une couche !

Contrôles partout en ville ou dans les squares,
Hormis pour le travail, on ne sort pas.
Écartez vous des autres, jaunes, blancs ou noirs
Zigouiller cette saloperie est l'espoir.

Vous vivez une période difficile à la maison,
Oubliez ces contraintes qui perturbent la vie,
Un espoir à venir d'un monde plus uni
Semble en vue : Soyez sérieux, bande de cons !

Sommaire

Autres titres de l'auteur parus chez le même éditeur.

2010. Roman d'une vie en Beauce
Prix du manuscrit 2009 du pays Dunois et du pays de Beauce

2011. Piaux d'lapins, Piaux !

2012. Des balades et des rêves.

2013. Histoires extraordinaires en Beauce...

2015. Drôles d'histoires en pays bonnevalais

2015. Des ciboires, Léandre et autres découvertes

2016. Des mariages en Beauce

2017. Dans la cour de la Feularde

2017. L'enfant de la piscine

2019. L'histoire dunoise est-elle gravée dans la pierre

2019. Tranches de vie.

© 2020. André Lejeune
Édition : Books on Demand
12/14 rond point des Champs Élysées.
75008 Paris.
Impression : BoD. Books on Demand
Norderstedt. Allemagne
ISBN : 9 782322 243419
Dépot légal : septembre 2020

Le code de la propriété intellectuelle n'autorisant, aux termes de l'article L 122, 2 et 3a, d'une part, que "les copies ou reproductions strictement réservées à l'usage privé du copiste et non destinées à une utilisation collective", et d'autre part, que les analyses et courtes citations dans un but d'exemple et d'illustration, "toute représentation ou reproduction intégrale ou partielle faite sans le consentement de l'auteur ou de ses ayant droits ou ayant cause est illicite" (article L 122.4)

Cette représentation ou reproduction par quelque procédé que ce soit constituerait donc une contrefaçon sanctionnée par les articles L 355 et suivants du code de la propriété intellectuelle.